PUTA
A LOS 40+

PERLA GIZEM

DEDICATORIA

A todas aquellas personas que
disfrutan de la lectura y saben que es
un medio de entretenimiento
embriagante.

CONTENTS

RECONOCIMIENTO

A mis seres amados, que me apoyan en cada proyecto sin reparos y que su cariño es infinito.

CAPÍTULO 1
LA PRIMERA VEZ

Elena se detuvo en seco al presenciar su propio reflejo acechándola en el espejo. Volteó ligeramente la mirada y se encontró con su propio cuerpo desnudo, escondiéndose bajo la excitada y fornida figura de Miguel. Se fijó como él iba devorando lentamente su cuello, dibujando con sus labios suaves figuras circulares que deseaban delinear la curvatura de sus senos. Sintió como poco a poco el hombre se iba poniendo cada vez más duro en medio de sus muslos, mientras su propia temperatura corporal era cada vez mayor. La suma de todas estas imágenes le hizo preguntarse ¿qué diría su familia si pudiera ver dónde estaba? O peor, ¿Qué diría la Elena de hace un par de años?

En sus 47 años de vida, Elena nunca se había visto a si misma desnuda junto a otro hombre, mucho menos había podido sentir una erección entre sus piernas, o el calor de una caricia dentro de ella, pues había permanecido virgen por elección hasta la fecha.

Su familia acordó, incluso antes de que ella naciera, que querrían que permaneciera virgen hasta el matrimonio. Cuando tuvo su menarquía, se le entregó el anillo que representaría su castidad, formalizando así su pacto. La pieza, de color plateado, con un grabado cursivo que rezaba la consigna "el amor espera" era un accesorio diario que le recordaba el compromiso que tenía con su familia, con su religión, y consigo misma.

Elena Casañas había nacido en una familia de firmes creencias católicas, en la pequeña ciudad de San Antonio de los Altos, en Venezuela. Ella y sus hermanas habían sido criadas bajo los mismos valores de sus padres, por tanto asistían a misa cada domingo, rezaban cada noche, poseían su propio anillo de castidad, asistían a un colegio católico sólo para niñas y se les habían administrado los sacramentos correspondientes. Las tres habían internalizado las normas que sus padres impusieron para sus vidas, y siempre las siguieron al pie de la letra.

María, la hermana mayor, se casó a sus 22 años con un hombre que, como ella, había pertenecido a la comunidad de la iglesia desde la infancia. Tuvo gemelas al año de matrimonio, y actualmente sigue felizmente casada. La menor de las hijas, Cristina, se casó a sus 25 años, con su compañero de la universidad de medicina, y tuvo tres hijos varones. Elena, la hija intermedia, tiene una semana de casada con Miguel, el mejor amigo de su prima, a quien tiene dos meses conociendo.

Una suave presión sobre el clítoris desvió a Elena de sus pensamientos. La sensación provocada por los dedos ajenos la trajo de vuelta a las figuras desnudas reflejadas en el espejo. Se concentró en cómo él paseaba delicadamente por su vulva: desde el perineo, rozando levemente la entrada de la vagina y los labios carnosos, para terminar rodeando el clítoris con caricias, haciendo bailar al vientre femenino.

Miguel se detuvo, tomó la mano de ella con cuidado y la colocó sobre su pene erecto, rodeándolo todo con sus dedos. Elena se quedó paralizada al sentirlo.

- Acarícialo - dijo él en un susurro

- No sé cómo hacerlo

Miguel puso su mano sobre la de ella y comenzó a moverla suavemente sobre su pene, de arriba hacia abajo.

- ¿Y te gusta que haga esto? - preguntó ella, nerviosa
- Sí, me excita sentir cómo me agarras.

Elena siguió imitando el movimiento, y guió la mano de Miguel de vuelta al cálido lugar entre sus piernas. Él colocó la otra mano sobre uno de sus senos, lo presionó y acarició suavemente, mientras añadía "Tienes unas buenas tetas".

Ambos comenzaron a ponerse húmedos, mientras la profundidad de sus respiraciones se hacía mayor. Los dedos de él comenzaron a abrirse paso hacia el interior de Elena, con lo que ella dejó escapar un suave suspiro, dándole pie a él para ir más profundo. Empezó a alternar su dirección, avanzando y retrocediendo por el pasillo cálido y húmedo, mientras un suave coro de gemidos acompasaba sus movimientos.

Miguel retiró sus manos, la de ella, se acercó y comenzó a besarla mientras rozaba su clítoris con la punta del pene.

- Creo que estás lista para intentar algo más - Dijo, interrumpiendo el beso sin apartar sus labios de los de ella
- Me da un poco de miedo
- ¿El qué?
- El dolor
- Todo va bien, Ele, deberías sentir muy poco dolor

Ella siempre había escuchado que la primera penetración era dolorosa, que podría haber sangrado, y eso siempre le atemorizó. La ruptura del himen era una prueba física e indudable del fin de su pacto, por lo que también simbolizaba algo significativo, pero no por ello quería dejar de hacerlo esta noche. Percibía la sensación del pene erecto como una seductora provocación que la tentaba, y le ayudaba a imaginar cómo se sentiría tenerlo en su interior.

Elena colocó sus manos en la cadera de Miguel y, con suaves movimientos, le sugirió el siguiente paso. Él tomó el condón que esperaba en su empaque junto a ellos, lo sacó y se lo puso con cuidado. Colocó las piernas de ella sobre sus hombros, y acercó el pene a la entrada de su vagina. "Avísame si te duele" le dijo. Se inclinó suavemente hacia adelante, metiendo la punta. Volteó a ver a Elena para asegurarse que todo iba bien, y ella permanecía con la mirada tranquila.

El pene comenzó a abrirse paso dentro de Elena, causándole un dolor punzante. Los músculos de su cara se contrajeron y sus piernas dieron un pequeño salto, haciendo que Miguel retrocediera.

- ¿Estás bien, Ele?
- Me dolió mucho
- Creo que estás muy tensa, relájate. Cuando ya esté adentro te va a gustar
- No puedo ev...

Miguel colocó con delicadeza su dedo índice encima de sus labios para callarla, y se deslizó hacia su entrepierna. Comenzó a dar pequeñas mordidas a la cara interna de sus muslos, haciéndola vibrar con cada una. Tomó sus manos y las colocó sobre su cabeza, a lo que Elena comenzó a acariciar entre sus cabellos.

La boca se desvió hacia la vulva, comenzó a probar la temperatura cálida y a degustar el placer que le había estado provocando. Ella se estremeció, y comenzó a presionar suavemente la cabeza del hombre entre sus piernas. Miguel siguió besándola, cubriendo el clítoris y aproximándose hacia la entrada de la vagina, a lo que ella volvió a repetir los suaves gemidos. Con cada beso probaba más de su sabor, y lograba lo que quería con ello: tenerla lo suficientemente tranquila y excitada para poder tener lo que ambos querían.

Miguel dirigió su mirada a los ojos de Elena, quien le dio su mirada de aprobación. Se levantó, acercó su cadera a la de ella y, con cuidado, comenzó a abrirse paso en su interior sin ningún problema. Cuando estuvo adentro se quedó quieto, ella estaba tensa. Poco a poco comenzó a mover su cadera para entrar y salir a conveniencia.

Elena permanecía incrédula en la cama, estaba tan excitada como emocionada, y no sentía ningún tipo de dolor. Después de 47 años de prohibiciones, por fin podía hacer lo que quería con su cuerpo y su sexualidad, y al darse cuenta de esto, se le escapó una pequeña carcajada que interrumpió sus gemidos.

Miguel se aproximó a Elena, quien le abrazó con fuerza. "Déjame escucharte" le dijo él, mientras acercaba su oído a los labios de ella. Escuchar el placer femenino tan de cerca le excitó mucho más y comenzó a imitar sus sonidos, creando así un sonoro coro de gemidos. Los ojos de ella se iban hacia atrás, la boca se abría cada vez más, mientras el pene entraba con más facilidad en cada intento. Ella permanecía quieta, tratando de prestar atención a las nuevas sensaciones que estaba experimentando.

La intensidad de la escena fue en un ascenso rápido, y la cadera de él aceleraba en cada vuelta. En pocos minutos, Miguel no podía contenerlo más, "Ya casi acabo, Ele", a lo que ella comenzó a sujetarlo con más fuerza. Cuando sabía que ya faltaba poco, permaneció dentro de Elena, la sujetó por el cabello, y acabó todo con un ruidoso orgasmo.

  - ¿Qué te pareció? - Le preguntó Miguel, con voz de dormido

- Me gustó, me sentí muy bien -
  respondió ella, aún muy
  despierta y procesando lo que
  había sucedido.
- Ya con más práctica podrás
  acabar tú también

Permanecieron acostados el resto de la
noche. Él, durmiendo, y ella, pensando
en esas últimas palabras de Miguel.
Hace dos años, Elena había decidió
mudarse a la ciudad de Miami, en
Estados Unidos, para cumplir con su
pasantía en selección de personal.
Luego de muchas solicitudes enviadas,
una empresa transnacional de alimentos
decidió aceptarla para su departamento
de recursos humanos.

El proceso de mudanza no fue muy
complicado. La vivienda estaba
asegurada, pues su prima Telma le
ofreció desde hace mucho tiempo una de
las habitaciones libres en su casa,
siempre y cuando se dividieran los
gastos de alquiler, servicios y
comida. Tenía cierto dinero ahorrado
que le permitiría mantenerse antes de
recibir su primer pago. Manejaba el
inglés con buena fluidez, y había
obtenido una visa de pasante de 18

meses de duración y con posibilidad de renovarse para otros 12. Sus padres le regalaron el boleto de avión sin retorno, y al llegar fue bien recibida por Telma.

Emigrar siempre había estado en sus planes, pues sentía que esa era una buena escapatoria para la presión familiar que solía recibía en casa. Sus padres le exigían un nieto y sus hermanas le tenían cierto estigma por seguir soltera, por lo que no se sentía muy cómoda en su compañía. Por otro lado, la situación social y económica de su país se hacía cada vez más complicada, y eso sólo terminó de activar la maquinaria que llevaba tiempo construyéndose.

Desde que comenzó a acercarse a la adultez, Elena se sumergió en medio de numerosos cuestionamientos a eso que antes había parecido tan determinante en su vida. El proceso le llevó a dudar de sus creencias religiosas, de su visión de la familia, de lo bueno, lo malo y, por supuesto, de su pacto de castidad.

Aun así, estos valores que ahora parecían más que cuestionables estaban fuertemente arraigados a su persona, y su familia nunca le habría perdonado el haberlos incumplido de cualquier manera. El temor a dejar de pertenecer y de no ser aceptada la mantuvo en una posición conformista ante sus nuevas y recién adquiridas concepciones de la vida. Por ello, siguió cumpliendo con las diferentes costumbres a las que estuvo forzada desde niña, aunque ya no creyera en nada que las sustentara.

Pero, al estar fuera del país, lejos de la familia por la que temía ser juzgada, tenía la ansiada y desmedida libertad que quería tener. Apenas llegó a los Estados Unidos pudo comenzar a sentir como se liberaba de eso que antes la hacía sentir intranquila, y empezó a implementar sus perspectivas de la vida y la sociedad de una en una a lo que era su nueva vida. Dejó de asistir a la iglesia semanalmente, de leer versículos de la biblia, de preocuparse por tener o no un esposo, de ser alguien que no quería ser para complacer a terceros. Ganó amistades nuevas y diferentes a las que tenía en Venezuela, proporcionadas principalmente por Telma, quien nunca siguió la formación conservadora de la familia.

Sin embargo, nunca se sintió capaz de romper su pacto de castidad. A pesar de que pueda resultar inconsistente con su nueva forma de comportarse, faltar a su pacto jamás había estado en discusión. Elena quería estar casada para entregarse por primera vez a un hombre. Además, en Miami nunca se le presentó la posibilidad de estar con algún hombre, así que nunca tuvo la tentación de romper a su pacto.

La pasantía iba saliendo bien, y ella se vio bien recibida por la ciudad, por lo que decidió extender la duración de su visa. Y unos cuantos meses después, la empresa le presentó la ansiada posibilidad de ser contratada para dedicarse al departamento de recursos humanos, y eso significó un problema: la visa se vencería pronto. No tenía cómo solicitar una residencia, y por mucho tiempo pensó que tendría que volver a Venezuela, derrotada.

Sin embargo, Miguel, su coinquilino, le ofreció la posibilidad de casarse con ella para que pudiera obtener la residencia. Él había sido una gran amistad de la infancia de Telma, que se había mantenido sólida y duradera con el paso de los años. Llevaba casi toda su vida en los Estados Unidos, y se había mudado a Miami, a casa de su amiga de la infancia, hacía un par de meses.

Elena y Miguel entablaron una amistad rápido y, teniendo a Telma, que los conocía muy bien a los dos, la posibilidad de casarse para obtener la residencia y poder permanecer en los Estados Unidos pareció un buen plan para todos los involucrados. Por ello, se casaron tan pronto como pudieron, para iniciar con los trámites de solicitud de residencia para Elena.

A la mañana siguiente, recordando lo que Miguel le había dicho esa noche, decidió tipear en el buscador de Google: "¿cómo tener un orgasmo?".

CAPÍTULO 2
EN SINGULAR

Telma golpeaba la mesa de la cocina con el puño mientras se carcajeaba. La breve sinopsis sobre la pérdida de virginidad de Elena le había causado muchísima gracia. Era aún de mañana, Miguel había salido y ambas terminaban de desayunar en la cocina

— No lo comprendo, Ele, tanto
esperar para hacerlo con
él, que ni lo amas

— Teníamos ganas, se dio el
chance y estamos casados,
así que por qué no

— Porque "el amor espera" -
le dijo Telma entre risas

Ambas llevaban una buena amistad,
siendo las primas en la familia que
mejor relación tenían. Desde que Elena
se había mudado a los Estados Unidos,
su amistad fue en ascenso, a pesar de
las complicaciones que suele implicar
la convivencia.

Ahora que su pacto de castidad había
terminado, Elena tenía una percepción
diferente de la sexualidad en general
y de la suya, y quería seguir
experimentando con eso que no había
tenido nunca antes en su vida, así
fuera sola o con alguien más.

Conocer a personas nuevas siempre
había sido algo complicado para ella,
sobre todo si se trataba de conocer
hombres. Todos con quienes había
tenido una relación más allá de la
amistad habían llegado a su vida por
sí solos y habían dado siempre el

primer paso. Pero, eso tampoco había sido algo muy recurrente.

Reconociendo esta falta, Elena se había descargado una aplicación de citas que permite al usuario conocer gente nueva que se encuentre cerca. La usó por un par de días y, a pesar de haber logrado hacer *match* con varios hombres atractivos, no se atrevió a salir con ninguno, pues le atemorizaba la posibilidad de que fuera algún engaño y que no se encontrara con el hombre de la foto, o peor: que si fuera el hombre de la foto, pero que no terminara gustando de ella.

Esa noche, Elena y Telma saldrían a un bar que quedaba a dos cuadras de casa para celebrar el cumpleaños de una de sus amigas. Estaban invitados varios amigos con sus respectivas parejas a encontrarse a beber, comer y bailar. A Elena este le pareció un evento ideal para finalmente atreverse a conocer a alguien conocido a través de esta aplicación de citas.

Elena reabrió la aplicación. Ahí habían varios saludos amistosos sin responder, invitaciones a salir rechazadas, y una conversación dejada a medias con un tal "John Schmidt".

Había sido simpático, amable y mantuvo una buena conversación hasta que ella dejó de contestar por haber abandonado la aplicación. Le pareció un buen punto de partida para invitarlo a ir juntos al bar.

Tipeó "Hola John, ¿estás libre esta noche?" y lo envió sin siquiera leerlo. Tras 10 minutos, llegó la notificación a su celular "Sí, ¿dónde y a qué hora nos vemos?". Luego de breves especificaciones, la cita había sido confirmada.

El cuidado que tuvo en su imagen esa noche fue más que especial. Se puso un vestido azul que había comprado para cuando "estuviera delgada" y decidió que esa era la noche para estrenarlo, aunque pensara que tal vez no le luciría porque "aún no está lo suficientemente delgada". Telma reafirmó su elección diciéndole que "se le resaltaba la curva del culo, y esa es la más importante".

El vestido fue acompañado de un par de tacones altos y negros, que le hacían lucir unas piernas esbeltas y juveniles, además de darle una altura de pasarela. El maquillaje no fue demasiado, porque nunca se sintió especialmente cómoda usándolo. La elección de lo que sólo alguien más vería fue la más importante: la lencería. "Tienen que combinar las dos piezas, y de preferencia que sean negras" aconsejaba Telma.

Hacía muchos años que Elena no salía en una cita, nunca había salido con alguien a quien no conociera de antemano, y mucho menos había salido en una cita que planeaba para que terminara en sexo casual. Esto sólo hacía que sus nervios aumentaran, pero no pensaba echarse para atrás, no quería. De camino al bar, sus piernas temblaban con cada paso que daba. Había quedado con John en verse una hora después de que ella llegara al lugar, porque pensaba que estar con sus amigos y con algunos tragos encima le ayudaría a recibirlo mucho más tranquila.

Ninguno de sus amigos tenía idea sobre la cita, sólo Telma, pero todos pudieron haberlo adivinado fácilmente. Elena se miraba en el espejo cada pocos minutos, retocaba su maquillaje, se acomodaba el vestido, se cambiaba de posición, revisaba su celular continuamente, miraba para todos lados, casi no hablaba y bebía en silencio. No hubo comentarios sobre su comportamiento, pero si murmullos entre algunos terceros.

Pasaron varios minutos desde la hora estipulada, John no aparecía todavía, y no daba ninguna señal por su celular. Elena se impacientaba cada vez más. Confirmaba la hora con todos los presentes, para asegurarse de que su reloj estaba a tiempo, releía los mensajes para tener presente que había dado la hora y el lugar sin errores. Pero aun así, su cita no llegaba. Telma le hacía señales desde el otro lado de la mesa, tratando de saber qué pasaba con John, pero ella permanecía muy avergonzada para responderle.

Luego de un par de horas, Elena decidió darse por vencida y olvidar que siquiera había pautado una cita para ese día. Trató de disfrutar el resto de la noche intentando distraerse del plantón que le habían dado, y al menos por ese rato, lo logró.

De vuelta en casa, Telma trató reconfortarla, pero no logró ser muy consistente en su vago intento. Su discurso variaba entre "Es un patán, olvida a ese tipo" y "Tal vez se le olvidó, nada muy grave", sin llegar a hacer ningún punto importante en lo que trataba de decirle. "Mejor vamos a dormir y olvidar esto, ¿sí?" terminó por ser la frase más reconfortante que escuchó Elena esa noche.

De pie junto a la cama, sola en su habitación, Elena se vio nuevamente reflejada en el mismo espejo de la noche anterior. Reconoció que la que ahí se veía no era la misma de anoche, no sólo porque le faltaba un anillo, sino porque también le faltaban esas limitaciones que ya no quería. Se dedicó a mirarse de frente y desde sus dos perfiles, evaluando cómo el vestido se acomodaba a toda su curvatura.

Se colocó las manos alrededor de la cintura, confirmando que seguía ahí a pesar de que su cuerpo de reloj de arena tuviera años sin verse igual. Se sostuvo las dos tetas y las levantó para evaluar cómo cambiaba su escote, y notó cómo le llenaban las palmas sin escurrirse. Se acarició el vientre, tratando de abarcarlo todo. Se dio suaves palmadas en las nalgas para evaluar las olas que provocaba. Sentía que el vestido le sentaba, pero que su propio cuerpo le sentaba aún mejor.

Dio un par de pasos al frente para verse de cerca. Se dirigió una mirada directa, y estudió cómo el color verde y profundo de sus ojos se perdía en la negrura de la pupila, y como con cada aleteo de sus pestañas, cambiaban de tamaño los colores. Recogió las ondas castañas de su cabello, y se dedicó a estudiar cómo su piel blanca cambiaba de textura en su paso del cutis al cuello. Después de darse un último y rápido vistazo, se reconoció bella.

Bajó el cierre lateral del vestido y dejó que se deslizara con cuidado hasta su llegada al suelo. Se sentó al borde de la cama, abrió sus piernas, puso las plantas de los pies sobre la cama y volvió a encontrarse con esa parte suya a la que ahora trataba de darle un significado diferente y más complaciente. Comenzó a acariciar el espacio alrededor de sus genitales, mientras los miraba curiosa.

Esa mañana había hecho una investigación breve sobre el orgasmo femenino. Parecía que un aspecto importante era que la mujer pudiera reconocer que disfrutaba y cómo lo disfrutaba, y la masturbación era un buen primer paso para tomar en ese camino. Elena tenía pocos indicios de cómo hacerlo, pero tenía ganas de intentarlo por primera vez esa noche.

Con la punta de su dedo, comenzó a estudiar la textura y temperatura, y con ello comprobó que estaba húmeda. Pensó que imitar lo que había hecho Miguel la noche anterior sería una buena forma de empezar. Comenzó acariciando suavemente su clítoris con la punta del dedo índice, pero sintió que ambos no se estaban acoplando bien. Cambió por su dedo corazón, lo humedeció brevemente en su boca, y volvió a acariciar el clítoris, ahora con más decisión. Probó varios patrones de movimiento, empezando por caricias ascendentes y descendentes, luego de un lado hacia el otro, y finalizó haciendo movimientos circulares en los que su dedo trataba de arrastrar con cuidado al clítoris.

Con el paso de los minutos sintió como se ponía poco a poco más tibia, y de vez en cuando interrumpía su actividad para evaluar qué tan húmeda se estaba poniendo. Podía percibir cómo su vientre se estremecía de placer, y cómo la vagina se contraía ligeramente a su propia voluntad. Descubrió cómo su respiración se iba haciendo cada vez más apresurada dentro de su pecho,

y cómo sus piernas temblaban de
excitación.

Elena volteaba al espejo para verse,
devolvía la vista directa hacia la
vagina y alternaba el panorama de
cuando en cuando. En el reflejo
encontraba la sugerente mirada de una
mujer excitada, y al volver a mirar su
mano se topaba con la imagen su sexo
sonrojado e impaciente.

Luego de un cuarto de hora, y a pesar
del buen inicio que había tenido, su
extremidad comenzó a entumecerse, la
vagina no se mantuvo húmeda, y la
distracción la llevó a otro lado fuera
de la habitación. Pensó que podría ser
errores de principiante.

Sin frustración y sin lamentaciones,
dejó todo hasta ahí, se acostó en su
cama y decidió que de este día sólo
recordaría la buena noche que había
pasado con sus amigos, y con ella
misma.

CAPÍTULO 3
A LA VISTA DE TODOS

A la mañana siguiente, Elena despertó con una notificación en su teléfono "Hola, anoche tuve una emergencia de trabajo y por eso no pude ir a verte. ¿Quedamos para hoy en la noche?"

Se tomó varios minutos para cuestionar y reflexionar sobre lo que había pasado con John. ¿Por qué no se había tomado unos segundos para avisarle que no iría?, ¿por qué no avisó esa misma noche más tarde?, ¿y si lo de la emergencia de trabajo era tan solo una excusa? Estuvo barajando varias ideas al respecto, pero decidió tomarse el día para pensarlo. No tenía mucho tiempo que pudiera permitirse perder esa mañana porque, al ser lunes, debía asistir al trabajo.

Ese día el tiempo pasó rápido y sin mucha novedad. Cada cierto tiempo, Elena tomaba su teléfono para releer la conversación con John y reflexionar sobre los pocos hechos certeros que tenía en sus manos. En un tiempo libre se planteó exactamente qué palabras podría escribirle en el mensaje según la decisión que tomara. A las 5:00 pm, Elena salió disparada de la oficina hacia su casa.

Al llegar, sólo Miguel estaba ahí, y decidió explicarle lo que había pasado para tener una segunda opinión, y que esta fuera más consistente que la que Telma le había ofrecido la noche anterior.

> — No sabes en qué trabaja ese tipo, puede ser médico o puede tener algún cargo alto e importante y necesitaban su presencia en una reunión de urgencia. Yo te diría que le des el beneficio de la duda y vayas a verlo, porque además ¿qué puedes perder?- le dijo él luego de breves segundos.

"Podría perder el orgullo" pensó ella, pero decidió no decirlo en voz alta.

> — ¿Y si lo del trabajo es falso y sólo tenía algo mejor que hacer anoche? - preguntó ella

> — ¿Cómo podrías saberlo? y si
> así fuera ¿qué? te está
> diciendo para verte, hoy
> pareces ser la mejor cosa
> que puede hacer

Elena permaneció muda, pensando en sus palabras

> — ¿Y es una cita para tener
> sexo? - preguntó él
> — En principio, sí. Al menos
> para mi
> — Ya sabía yo que te iba a
> gustar si lo hacías conmigo

Elena soltó una ligera risa y le agradeció por haberle aconsejado.

"Hola, ¿dónde y a qué hora?" escribió ella inmediatamente. A los pocos segundos, su celular vibró con la respuesta. "A las 8. ¿Vamos a cenar al Olive Garden de Aventura?". Eso le daba 2 horas para prepararse.

En su habitación se dio un baño rápido, se decidió por una blusa de color rosa claro, pantalones negros y tacones bajos del mismo tono. "Porque quiero verme fina, pero no demasiado", pensó. Se recogió sus ondas en una cola de caballo sencilla, y se hizo un maquillaje ligero. Eso le dejó una hora libre antes de su cita.

Su celular vibró y lo revisó inmediatamente pensando que podría ser John, pero no fue así. Era una notificación de la aplicación de citas, de Andrés Méndez, un muchacho de 22 años, venezolano establecido en Miami.

"Hola bella, ¿qué tal?". Elena lo leía y lo leía, y no salía de su asombro. ¿Qué podría querer un hombre tan joven con ella? Revisó su perfil un par de veces, y se decidió por responder: "Hola, todo muy bien, ¿y tú?".

Estuvo chateando con él por el resto de hora antes de irse a cenar con John. Hablaron de su país y de cómo habían llegado a Estados Unidos. Él le contó que tenía poco menos de un año de haberse graduado de la universidad, y al no poder conseguir un trabajo que le permitiera llevar una vida digna, decidió emigrar e ir a vivir con su papá, en Miami. Todavía no había conseguido trabajo, pero decía estar en una búsqueda constante. Elena ignoró la gran diferencia de edad, el constante coqueteo de su parte, el manejo de un vocabulario diferente al suyo y mantuvieron una breve conversación como pares.

Antes de irse, se despidieron y quedaron en volver a hablar pronto. Esa conversación con él le había hecho sentirse un poco más empoderada, y con ello pudo asistir a su cita con una postura diferente y más segura que la de la última vez.

Elena tomó el taxi al mall y envió un mensaje a John para, de alguna forma, estar un poco más segura con que no volverían a dejarla plantada: "Voy en el taxi hacia Aventura". Su celular vibró con una respuesta alentadora "Cuando entres al Olive Garden ve hacia las mesas de la izquierda. Ojalá me reconozcas rápido." Tenía que conseguir a un tipo blanco, de cabello negro, ojos oscuros y que estuviera sentado solo a la mesa, parecía tarea sencilla.

Antes de entrar al restaurante respiró hondo, se armó de valor y atravesó el umbral de la entrada con paso decidido. Al voltear la mirada, le pareció distinguir a John Schmidt entre la multitud. Él también parecía distinguirla, pues le dirigió una

sonrisa amistosa y le hizo una señal
con su mano para que se acercara a la
mesa.

> — Por favor dime que sí eres
> John y que no te estoy
> confundiendo con alguien
> más - preguntó ella con un
> poco de vergüenza antes de
> sentarse
> — Si tú eres Elena, yo soy
> John

Ella soltó una suave carcajada y ocupó
el asiento frente a él. John traía una
camisa de color azul marino, cubierta
por una chaqueta marrón y unos
pantalones grises. Era exactamente el
mismo sujeto de la foto, ni más ni
menos guapo.

> — Lamento haberte dejado
> esperando ayer. Soy
> enfermero y un compañero no
> pudo asistir a su turno.
> Hubo una emergencia y tuve
> que ir a cubrirlo
> — No te preocupes, igualmente
> iba a ir al bar anoche. Una
> amiga celebraba su
> cumpleaños ahí

Un mesero se acercó a su mesa y le
extendió a ambos un menú.

- De este lugar me gusta
  bastante la pasta alfredo
  con camarones - dijo ella
- Pues hoy es el día para que
  yo la pruebe también

Ambos pidieron la pasta como plato
principal, y ordenaron una ración de
calamares como entrada.

- Elena, ¿y tú a qué te
  dedicas?
- Soy psicóloga
  organizacional .Trabajo en
  el departamento de recursos
  humanos de *Kraft foods*, me
  encargo de la selección de
  personal.
- ¿Y cómo pueden discriminar
  entre quién es bueno y
  quién no?
- Tratamos de predecir quién
  podría ser un buen
  trabajador a partir de
  actitudes y aptitudes.
  Solemos pasar algunos tests
  y hacer entrevistas a los
  aspirantes
- Suena como un trabajo
  interesante

Él mesonero interrumpió la conversación trayendo las bebidas que ambos habían ordenado.

— ¿Y cómo fue el proceso de mudarte de país? debió ser algo complicado - continuó él

— Lo fue, pero no tanto. Tenía una casa a donde llegar, conseguí una visa fácilmente y me vine para acá cuando ya había conseguido una pasantía en la que me pagarían.

— Parece que para ti es más fácil vivir aquí que para mí, que nací en este país

— ¿Si naciste en los Estados Unidos cómo aprendiste a hablar español?

— Me enseñó mi niñera, era colombiana. Y estuve repasando para poder hablar contigo hoy

Elena soltó una pequeña risa, y pudo sentir como se sonrojaba, pero hizo un gran esfuerzo por mantenerse tranquila

— No era necesario, podemos hablar en inglés si quieres

- No, no, me gusta en español. Me gusta oírte tu acento en español
- ¿Te gusta más que el de tu niñera?
- Sí, los venezolanos hablan cómico
- ¿Ah sí? no te he oído riéndote ni una vez - dijo ella con mirada suspicaz
- La alegría va por dentro, Elena

El mesero se acercó y sirvió el plato de entrada, que ambos no demoraron en probar. Elena se estaba sintiendo bastante a gusto con él y con cómo ella había estado manejando la conversación. John tenía una mirada pícara y atractiva, y una chispa agradable que ella disfrutaba mucho.

La cena siguió con el plato principal y con más conversación acerca de sus vidas y de cómo llegaron a donde están ahora. John le contó sobre su paso por la Universidad, su matrimonio y posterior divorcio, sus antiguos trabajos y su interés en el área de la programación. Elena habló sobre sus hermanas, su vida en Venezuela y su convivencia con Telma y Miguel. Claro, sin entrar en detalle de cómo está obteniendo su residencia estadounidense.

Más tarde llegó la cuenta, y aunque ella insistió, John decidió pagar la cena. "Es sólo para compensarte el haberte dejado plantada", le dijo.

Al salir del restaurante, invitó a Elena a beber vino en su casa, explicando que tenía una botella que hace mucho quería beber, pero que no había tenido con quién. Ella aceptó, y con eso subieron juntos a un taxi. John vivía en un pequeño apartamento, en un edificio modesto. El hogar estaba decorado con blancos y negros en un estilo sencillo y minimalista.

Ya en su casa, Elena se acomodó en uno de los sofás de la sala y él fue a buscar el vino y las copas en la cocina. Mientras esperaba, un gato blanco y peludo se subió al mueble, junto a ella, lo que le provocó mucha ternura. "Se llama Merlín y como ves, es muy simpático" comentó John al verlos desde la cocina. Elena comenzó a acariciar su lomo con cuidado, mientras él ronroneaba dulcemente.

John se sentó en el sofá al lado de

ambos y sirvió el vino, explicando que era su favorito y que estaba encantado de disfrutarlo con ella. El primer par de copas se bebió entre palabras, el segundo entre risas, y el tercero entre besos. Elena no estaba segura de cómo había pasado, pero estaba probando nuevamente el vino desde los labios de él. Merlín se había bajado del sofá hace rato, pues ambos estaban acostados a lo largo de todo el mueble. Las manos de ambos permanecían con cuidado en los rostros del otro, y los ojos se mantenían cerrados.

John comenzó a desabotonar la blusa de Elena, y ella imitó sus movimientos. Pronto comenzó a sentir el calor de la mano masculina en uno de sus senos, y cómo los besos bajaban suavemente por su cuello. Sintió unas cosquillas que la excitaban, y pronto comenzó a sentir como él se ponía duro dentro de su pantalón.

Elena acercó las manos a su pecho y abrió el sostén para facilitar todo. John se levantó ligeramente, terminó de quitarse la camisa, y de quitarle a ella la suya. Al dejar sus torsos libres, las manos de ambos comenzaron a jugar, mientras los labios seguían conversando de cerca.

John acariciaba y prensaba con cuidado los senos de Elena, mientras no dejaban de besarse. Ella le paseaba sus manos por el pecho desnudo, y sentía como su piel se erizaba poco a poco. Bajó sus manos, desabrochó su pantalón y metió una de ellas para sentir su pene duro. Él comenzó a respirar más profundo, y ella pudo percibir cómo se iba poniendo cada vez más duro entre sus manos.

El beso se vio interrumpido por el susurro de John "¿quisieras probarlo?". Elena se tomó un tiempo para poder entender a qué hacía referencia esa pregunta. ¿Se estaría refiriendo a probarlo con la boca?

- ¿Probarlo cómo? - preguntó ella, apenada
- Con tus labios - dijo él, acariciando su mejilla

Elena se sorprendió por su petición, pero no por ello tenía menos ganas de intentarlo. Él terminó de quitarse sus pantalones y se sentó en el sofá. Ella, se arrodillo a su lado y se inclinó hacia adelante para acercarse hacia su pene, aunque no tuviera idea de qué iba a hacer.

Lo tomó con sus manos y comenzó a acariciarlo como Miguel le había enseñado, mientras pensaba en qué debería hacer. Tomó en cuenta el elemento literal de la frase "probarlo con tus labios", y entonces decidió besar la cabeza de su pene, como si fuera otra boca, y sintió como sus labios se iban mojando poco a poco.

John apoyó sus manos en la cabeza de ella y comenzó a aplicarle suave presión. Ella, en consecuencia, comenzó a abrir los labios, haciendo que el pene pasara a estar en el cálido interior de su boca. Le sorprendió el sabor, la textura y temperatura que tenía. Sentir cómo estaba de duro la excitaba.

Una vez ahí, se quedó quieta, y comenzó a mover su lengua con cuidado, acariciándolo. Ella no sabía qué podría hacerse con un pene dentro de la boca, y no le parecía apropiado preguntarle a él en ese momento.

"¿Todo bien, Elena?", preguntó el. Ella levantó la cabeza de inmediato y respondió afirmativamente con la cabeza. Él la miró directamente a los ojos, suspiró profundo y volvió a comenzar a besarla. Elena decidió ignorar el hecho de que probablemente lo estaba haciendo todo mal, y se limitó a seguirle el juego y continuar besándolo.

Unos minutos después, decidieron ir juntos a la habitación principal, donde John terminó de desnudarla. La acostó en la cama, separó sus piernas y comenzó a tocarla. Elena estaba tibia y húmeda, por lo que él pudo comenzar a meter sus dedos con cuidado, haciendo que la respiración de ella se hiciera cada vez más y más profunda.

Él se acomodó en la cama y, sin dejar de tocarla, comenzó a besar sus senos, intercalando suaves mordidas. Elena tomó su pene con la mano y, entre caricias, sintió cómo se iba poniendo tan duro como cuando estaba dentro de su boca. John hizo cada vez más intensos los movimientos de sus manos, haciendo que se excitara cada vez más, con lo que ella se distraía de lo que estaba haciendo con su pene.

En medio de un inmenso placer, ella interrumpió su profunda respiración para preguntarle si tenía algún condón, porque quería que lo usaran de inmediato. Él se acercó a un pequeño

gavetero, y de ahí extrajo un paquete
de condones. Tras él, había una gran
ventana que daba vista hacia una calle
principal. Se colocó el condón, pero,
antes de volver a la cama, encendió la
luz de la habitación, y señalando
hacia la ventana, dijo: "Quiero que lo
hagamos ahí".

Elena se sintió aterrorizada, temía
que las personas en la calle los
vieran y pudieran tener algún problema
legal por eso. No respondió nada, pero
su cara de terror lo dijo todo. John,
que notó su negación, se acercó hacia
la ventana y, con su pene erecto y una
perfecta naturalidad, comenzó a
desfilar de un lado al otro frente a
la ventana. "Mira, no pasa nada" le
decía.

Ella se acercó y, cubriendo su cuerpo
desnudo con la cortina, se asomó para
poder ver el panorama. Se podía
apreciar una calle por la que
transitaban muchos peatones y
vehículos, y al frente, otro edificio
residencial, donde algunas ventanas se
mantenían iluminadas.

    — Hay mucho chance de que nos
      vean, John

- Todos van preocupados por
  llegar hacia donde van,
  nadie va a fijarse
  justamente en nuestra
  ventana
- Podría hacerlo alguien del
  edificio del frente

John fue hacia ella, comenzó a besarla
con fuerza y a atraerla hacia la
ventana. Los besos pasaron de los
labios hacia el cuello, y luego hacia
la espalda, dejándola de frente hacia
la vista de la calle. Elena separó las
piernas, dejando que su pene erecto la
penetrara desde atrás. "No te
preocupes, que si alguien nos ve va a
disfrutarlo tanto como nosotros" le
susurró él desde atrás.

Elena comenzó a gemir suavemente al
sentir el pene duro de John dentro de
ella, y con su respiración comenzó a
empañar el vidrio. Dirigió la vista
hacia abajo y vio como ellos pasaban
desapercibidos por toda la ciudad. Los
peatones caminaban rápido, ningún auto
se detenía, los vecinos del frente se
asomaban por sus ventanas, pero no los
veían.

John comenzó a mover su vientre con

más y más fuerza, haciendo que Elena gimiera cada vez más fuerte. Acercó sus manos hacia su pecho y comenzó a sujetar su cuerpo por los senos, para así poder penetrarla con precisión e intensidad. Ella levantó los brazos para sujetarlo a él por el cabello.

La posición permitía al pene tomar una curva al entrar a la vagina, y eso creaba una sensación deliciosa en el vientre de ella. Sintió como su excitación crecía exponencialmente, mientras todo en su interior se tensaba. De repente, el placer empezó a tener una dimensión diferente a la que Elena había conocido hasta ahora. Imaginó que estaría cerca de tener un orgasmo.

"Ele, voy a acabar, no puedo más" le dijo John, deteniendo el movimiento rítmico de su pelvis. Pocos segundos después, los gemidos masculinos le permitieron a Elena saber que él sí había tenido un orgasmo, y que ella había estado demasiado cerca de tener uno.

Él se sentó al borde de la cama y se quitó el condón con cuidado, ella se sentó a su lado, un poco decepcionada.

- ¿La pasaste bien? - le preguntó John
- Sí, me gustó lo de la ventana, nunca lo había hecho
- Yo tampoco, aunque yo sea, de hecho, el dueño de la ventana

Ambos volvieron a vestirse y, aunque él le pidió a Elena que se quedara, ella prefirió tomar un taxi. Tenía que ir al trabajo temprano al día siguiente, y no podía permitirse llegar tarde.

CAPÍTULO 4
SEXTING

"¿¡Cómo que no sabes hacer sexo oral!?" le preguntó Telma, muy alarmada a la mañana siguiente. Elena le había contado la historia de todo lo que pasó la noche anterior con John, pero lo único que al parecer había sido importante para ella fue su intento fallido de dar sexo oral.

- No sabía qué hacer, Telma, sólo lo lamí como pude

— Lo mejor es imitar con la boca lo que haces con la mano

— ¿Metiéndolo y sacándolo de la boca?

— Sí, como si estuvieran teniendo sexo. También puedes usar tus manos al mismo tiempo

— ¿Cómo?

— Siguiendo el compás de los labios

Elena la miró con cara de confusión, así que Telma prefirió dejar la conversación en un "Búscalo en Google" y ambas estuvieron bien con eso. Igualmente, Elena también había pensado que Miguel podría enseñarle en otro momento.

A las 8:00 am Elena ya había llegado al trabajo, y entre muchas cosas por hacer, el día avanzó bastante rápido. A la hora del almuerzo, decidió tomar un tiempo para hacer una pequeña investigación por internet de cómo hacer sexo oral.

Caminando, mientras regresaba a casa del trabajo, sintió que su celular vibraba. La notificación mostraba que

Andrés, el muchacho de la aplicación, le había enviado una imagen por chat. Al abrir la conversación, se encontró con la foto explícita de un pene erecto. Se sobresaltó, tapó la pantalla de su teléfono como si todos los peatones estuviesen viéndola, y siguió caminando muy rápido para llegar a casa.

¿Cuál es el protocolo a seguir si un hombre te envía una foto de su pene? ¿Cuál es una respuesta correcta? Elena había escuchado que las nuevas tecnologías habían permitido la aparición de este tipo de fenómenos, pero nunca entendió cómo se podía tener sexo telefónico, o cómo se mantenía una conversación sexual a través de un chat.

Al llegar a casa, Elena volvió a tomar su teléfono y decidió responder a la seductora y atrevida invitación de Andrés con un "Hola". Su teléfono volvió a vibrar de inmediato: "¿Te gusta? ¿Qué harías con él?". Eso exigía formular una idea, requería imaginación e inventiva. Ella decidió que si quería jugar, y que si lo haría, iba a hacerlo bien.

"Tendría sexo con él…" tipeó Elena,

insegura. Pero eso no le pareció indicado, ni sexy, por lo que lo borró. En su lugar, escribió "Le haría sexo oral", pero eso se le hizo muy técnico, así que también lo borró. "Me lo chuparía" pareció ser el mensaje indicado.

Tras pocos segundos, su teléfono ya tenía la respuesta: "¿Cómo lo harías?". Eso exigía la descripción de una escena, requería talento y genialidad. Elena permaneció unos minutos pensando en qué escribir, y lo tipeó sin siquiera leer sus palabras, por la tremenda vergüenza que sentía "Me lo metería entero en la boca y te lo chuparía hasta que acabes en mi garganta".

Elena bloqueó el teléfono tras enviar el mensaje. Se sentía muy apenada por escribirle esas palabras a alguien que no conocía, pero, al mismo tiempo, también estaba disfrutando mantener esa conversación.

Escuchó a su celular vibrar, e inmediatamente lo tomó. "Que rico, quiero sentir como me lo mojas todo" fue la respuesta. Ella aprovechó ese comentario para exigir un poco: "¿Tú que quieres hacer conmigo?".

Luego de un par de minutos, que parecieron horas, Andrés había dado respuesta: "Quiero ver qué tienes para ver qué se me antoja". ¿Eso quería decir que le estaba pidiendo una foto desnuda?

Elena fue a su habitación y se desnudó ante el espejo, evaluando cuál podría ser un ángulo favorecedor para su cuerpo. Se miró desde todos lados, acomodó el celular en diferentes puntos, pero ninguno le parecía lo suficientemente bueno. Necesitaba que no se viera demasiado gorda, pero que los senos y las nalgas aparecieran más grandes de lo que eran realmente, y que no se viera su rostro de ninguna manera, porque "capaz llega a reenviar la foto a alguien" pensaba ella.

Decidió colocar el teléfono en la cama y, con el temporizador puesto, ubicarse de pie y de perfil ante la cámara, con la espalda derecha, con los abdominales apretados, con las nalgas levantadas, el pecho fuera, y los brazos arriba. El resultado le pareció prometedor.

"Me encanta cómo te ves, quiero hacer de todo contigo" fue una respuesta alentadora, pero Elena quería más.

"¿Cómo qué se te ocurre?" le preguntó.

"Estoy pensando en ponerte en cuatro y cogerte por el culo". Ella se quedó pensativa, porque no sabía que eso podría ser posible. Al menos sonaba como algo doloroso para ambas partes, además de antihigiénico, pero prefirió confiar en que él sabía más que ella y en que sería una práctica placentera. Además, sólo estaban chateando.

"Me encanta eso, quiero que me des hasta que no pueda más" fue su muy poco sincera respuesta. Andrés respondió con una atrevida petición: "Quiero ver qué tienes entre las nalgas". Elena separó sus nalgas y evaluó el material en el reflejo, con lo que se dio cuenta de que debía realizar una complicada tarea antes de tomar cualquier foto: debía afeitarse.

Decidió hacer un poco de tiempo con él preguntándole qué y cómo quería ver. Mientras tanto, tomó un poco de crema de afeitar y, con la ayuda de un espejo, se dedicó a retirar todos los pequeños vellos que pudieran opacar su foto. Terminó siendo algo más sencillo de lo que había pensado al principio.

"Quiero verte el culo y la vagina, en

la posición que tú quieras" le había solicitado él hace unos 5 minutos. Elena estudió diferentes posiciones, pero en ninguna lograba encajar ambas partes en un solo encuadre. Supuso que si el muchacho se lo estaba pidiendo, es porque lo había visto en algún lado, así que definitivamente era posible.

Después de varios intentos, se dio cuenta que si se acostaba de lado en su cama y, recogía sus piernas hacia el pecho, dejaba las partes solicitadas completamente a la vista. Así que de nuevo, haciendo uso del temporizador, se tomó una foto con la que estuvo muy a gusto. "Me gusta cómo te ves, quiero tocarte y comerte la vagina en esa misma posición" fue una respuesta bastante alentadora.

Estaba disfrutando mucho seguirle la corriente y mostrarse desnuda para recibir a cambio halagos y mensajes sucios. Ya no sentía pena o vergüenza, pero sí podía percibir cómo participar en la conversación la excitaba.

"Me encantaría tener un orgasmo en tu boca" le respondió ella. Y ese era, quizás, el mensaje más cierto que había enviado en toda la conversación.

Había mantenido relaciones sexuales dos veces y se había masturbado, pero a pesar de alcanzar altos niveles de placer no había conseguido ningún orgasmo, porque su compañero, o incluso ella misma, no podía resistir lo suficiente como para dárselo. Sentía mucha curiosidad por cómo se podría sentir algo así, aunque estuviera sola o acompañada al tenerlo.

La conversación siguió por una hora más, en la que ambos mantuvieron un intercambio de fotos cada vez más comprometedoras. Todo acabó cuando Andrés comenzó a masturbarse y anunció que había acabado viendo alguna de las fotos que ella le había enviado. "A ver cuando nos vemos para hacer todo esto realidad" le dijo él. "Hagámoslo mañana en la noche" respondió ella de inmediato.

CAPÍTULO 5
ILEGAL

A la mañana siguiente los detalles de la cita con Andrés ya habían sido aclarados. Ellos no tenían mucho de qué hablar, y lo que querían en ese momento era hacer todo lo que habían estado hablando. Como él vivía con sus padres, y la casa de Elena no estaría sola esa noche, decidieron que se encontrarían en un hotel.

Elena pasó la tarde pensando en lo que implicaba el tener sexo con un hombre de su edad. Hubo momentos en los que se cuestionó lo que estaba planeando hacer, pues al ser un muchacho, podría parecer que ella se aprovechaba sexualmente de él. Pero al recordar su poca experiencia sexual, olvidaba cualquier idea parecida a esa. Pensó, de hecho, que él seguro tenía mucha más experiencia que ella, y que podría aprender cosas nuevas para enseñarle a sus próximas parejas sexuales. Además, a pesar de tener la edad que tenía, todavía su físico era capaz de atraer a un muchacho joven, ¿cómo desaprovecharlo?

Habían acordado encontrarse a las 8:00

pm en el lobby del hotel. Así que luego de salir del trabajo, Elena salió apresurada a casa para prepararse. Se dio un baño, se decidió por usar ropa interior blanca de encaje, y se colocó un vestido sencillo negro, cubierto por una chaqueta de jean oscuro.

Apenas pudo contarle a Telma hacia dónde se dirigía cuando iba de salida hacia el hotel, y a ella sólo le alcanzó a responderle que la pasara bien. De camino, en el taxi, Andrés le mandó un mensaje explicándole que llegaría un poco tarde, y que por favor fuera a recepción a pedir la habitación mientras lo esperaba.

Elena llegó al hotel en pocos minutos, se dispuso a pedir la habitación para ambos, y luego se sentó en un sofá del lobby a esperar por su compañero. Sacó su teléfono para matar el tiempo, y en ese período le llegó un nuevo mensaje de John: "Hola, ¿podrías darme tu teléfono? hasta ahora me doy cuenta de que nunca te lo pedí". Ella respondió con un saludo y envió su número de inmediato. ¿Significa esto que quería volver a verla?

Antes de poder pensar en ello, vio a

Andrés atravesando la entrada del hotel, media hora más tarde de lo que tenían estipulado. Fue fácil identificarlo al mirarlo la primera vez. Era un muchacho joven de cabello lacio y castaño, y ojos grandes y cafés. Pero, algo no estaba bien, porque ese Andrés se veía mucho más joven de lo que aparecía en su perfil.

Era mucho más bajo de lo que decía su perfil, y su rostro era más infantil de lo que mostraban las fotos. Traía una camisa de rayas azules oscuras, con un pantalón negro y zapatos en el mismo tono, y lucía como si estuviera asistiendo a su fiesta de graduación del bachillerato.

Él se acercó a ella apenas la vio y le preguntó: "¿Tú eres Elena?". Su voz tenía un timbre grave, que contrastaba con su imagen más juvenil, con eso ella prefirió olvidar las dudas que le asaltaron al principio y confiar en que sí tenía 22 años.

Subieron juntos a la habitación y apenas atravesaron el umbral de la puerta, Andrés comenzó a besarla intensamente contra una de las paredes. Ella no era una mujer alta, por lo que los labios de ambos quedaban a la misma altura.

Pronto, él comenzó a levantar el vestido en medio del beso, con lo que se dedicó a acariciar y apretar suavemente sus nalgas, excitándola un poco más con cada caricia. Elena pronto pudo sentir una suave presión en los muslos, con lo que constataba que Andrés ya se había puesto duro. Ella se libró de su chaqueta y desabrochó el pantalón de él, para poder sentirlo directamente con sus manos.

Pudo darse cuenta entonces de que estaba completamente afeitado, y que exhibía una piel lisa y limpia. El pene estaba completamente erecto, así que ella decidió terminar de bajar sus pantalones para poder verlo mejor.

Él le arrancó el vestido de un jalón, a lo que ella respondió tirándolo hacia la cama. A pesar de la poca experiencia que tenía Elena con el sexo, sentía que, por la diferencia de edad, de alguna forma podía dominar y experimentar un poco más con él.

Ella se subió a la cama y comenzó a arrastrarse hacia él sobre sus palmas y rodillas, imitando el andar de una gata, mirándolo fijamente con una cara seductora y provocativa. Tomó el pene con sus manos y, sin pensarlo dos veces, comenzó a humedecerlo suavemente con los labios, mientras lo metía y sacaba rítmicamente de su boca. Andrés prensó una almohada con sus manos, y con la otra, jaló suavemente el cabello de Elena. "Así, que bien lo haces" le decía.

La tarea de ofrecer sexo oral se le estaba haciendo complicada, pero hacía su mayor esfuerzo por fingir que tenía todo bajo control. Cada vez que lo metía en su boca sentía el suave espasmo de las náuseas al final de su garganta, con cada movimiento sentía como su mandíbula se entumecía poco a poco. Pero no por ello dejaba de verlo a los ojos, ni mucho menos se lo sacaba de la boca.

Pocos minutos después, Elena se retiró voluntariamente para descansar, y para evitar que Andrés pudiera acabar sólo con eso. Él se abalanzó sobre ella y comenzó a acariciarla entre sus piernas con su dedo índice y corazón, generando suaves sacudidas en su vientre.

Comenzó a tantear la zona alrededor de

la vagina, para comprobar que estaba bastante húmeda. Juntó tres de sus dedos y, sin mucho detenimiento, los metió con decisión en la vagina de Elena, tomándola por sorpresa y haciendo que diera un pequeño salto. Ella sintió un poco de dolor, pero la decisión con la que Andrés lo había hecho le gustaba, y no quiso detenerlo.

Sus dedos comenzaron a tomar un movimiento circular ascendente, tratando de llegar tan profundo como pudiera. Elena sentía una fuerte presión en su vientre que le resultaba excitante y le hacía desear más. Con una de sus manos, empujó la mano de Andrés tan profundo dentro de ella como pudo. "¡No pares, no pares!" le decía entre fuertes gemidos.

Él aceleró sus movimientos y los hizo cada vez más fuertes, aumentando con ello la intensidad de los gemidos de ella. La escena de estar tocando a una mujer mucho mayor, y mantenerla tan excitada sólo usando su mano, lo hacía sentir vigoroso.

En medio del alto nivel de excitación que había alcanzado, los dedos de Andrés comenzaron a ser un estímulo doloroso, y sentía cada caricia como un fuerte picotazo que se hacía cada vez más insoportable. Él se mantuvo tocándola hasta que Elena clamó lo doloroso que se había vuelto lo que estaba haciendo.

Andrés retiró su mano de inmediato, con lo que el dolor dentro de ella se detuvo. Observó su mano y pudo notar que los dedos estaban levemente cubiertos de sangre. Le mostró los dedos a Elena, con una expresión aterrada. Ella se vio forzada a mantener la calma para poder ayudarlo a calmarse. "No te preocupes, tranquilo" le dijo ella, disimulando su inmensa preocupación.

Pocos segundos después, Andrés se desmayó encima de la cama. Ahí el pánico de Elena se hizo tangible. Se acercó a él y, sujetando la mano ensangrentada para evitar cualquier incidente, comenzó a agitarlo por el torso. Comenzó a gritar, intentando despertarlo "¡Andrés, Andrés, Andrés!" pero él no reaccionaba. Se levantó y fue a buscar su teléfono en el pantalón que traía, para verificar si no tendría algún número de emergencia al cual pudiera llamar.

En el primer bolsillo consiguió su billetera, y en el otro, su teléfono. Revisó entre los contactos, pero no encontró ningún número designado para una emergencia. Sin embargo, consiguió un contacto llamado "Papá". Consideró marcarlo, pero antes, prefirió asegurarse de algo primero. Buscó en la billetera su documento de identidad, para confirmar la temida sospecha: Andrés era menor de edad. Pero no solo era menor de edad, sino que tenía 17 años, con lo que se ubicaba por debajo de la edad mínima para mantener relaciones sexuales. Lo que Elena estaba haciendo era ilegal.

Quería salir corriendo, pero no podía dejarlo solo si seguía inconsciente. No sólo sería un problema el haber mantenido contacto sexual con un menor de edad, sino el haberlo dejado inconsciente de forma irresponsable. Comenzó a buscar alrededor de la habitación cualquier fragancia fuerte que pudiera ayudarla a despertarlo, pero no había nada. Optó por seguir con lo que estaba haciendo y continuó zarandeándolo sobre la cama, mientras lo llamaba por su nombre.

Unos minutos después, comenzó a abrir los ojos y a mover su cabeza. Elena siguió agitándolo para despertarlo por completo, hasta que él comenzó a pedirle que parara. Ella, aliviada, decidió hacerle preguntas para poder evaluar su estado de consciencia.

- ¿Cómo te llamas?

Andrés - respondió tras una larga pausa, aún adormecido

- ¿Dónde naciste?
- En Caracas
- ¿Dónde estás?
- En un hotel
- ¿Qué edad tienes?
- Veintidós

Pues estás lo suficientemente consciente como para mantener la mentira, así que ya estás bien. - le dijo, mientras se levantaba de la cama y comenzaba a vestirse.

- ¿Qué dices?
- Ya vi que no eres mayor de edad, no tengo nada que hacer aquí contigo
- Elena, lo siento...

Ella ignoró sus palabras y continuó con lo que hacía. Antes de irse de la habitación, le extendió un caramelo dulce que traía en su bolso, y le recomendó que lo comiera antes de irse. Le dejó las llaves de la habitación y le pidió que las llevara a recepción antes de salir. Luego, se fue de la habitación con paso apresurado sin decir nada más.

En el taxi de regreso, recordó que ella también estaba sangrando, y volvió a sentirse aterrada. Apenas atravesó la puerta de la casa, fue corriendo a buscar a Telma para explicarle lo que había pasado.

CAPÍTULO 6
UNA SORPRESA Y UN ROSTRO CONOCIDO

Antes de poder dar cualquier respuesta, Telma se carcajeó durante breves segundos por el engaño del muchacho. "Yo me lo imaginé, pero no te dije nada porque iba a quedar como una envidiosa" le dijo.

A ese punto, Elena no se preocupaba por el hecho de haber tenido sexo con un menor de edad, porque sólo pensaba en que su vagina seguía sangrando y no sabía qué hacer al respecto.

- Tranquila, mañana o pasado
  ya dejarás de sangrar
- ¿Pero qué pasó?
- Seguro fue muy duro contigo
  y te rompió un poco de
  tejido
- ¿Debería ponerme algo?
- No, sólo deja de tener sexo
  hasta que pase

"Dejar de tener sexo" era un consejo
que Elena nunca había recibido, y
ahora le parecía algo complicado de
seguir. Telma continuó explicándole
que a veces esas cosas podían ocurrir
y que, de hecho, a ella ya le había
pasado un par de veces anteriormente.
Sus palabras le ayudaron mucho a
calmarse.

- ¿Crees que haya problema
  por haber estado con un
  menor de edad? - le
  preguntó a su prima, aún
  aterrorizada por eso
- ¿Pero acaso cogieron?
- No, Telma, pero hicimos
  otras cosas
- Tranquila, a menos que él
  decida denunciarte, no
  pasará nada

Se dio cuenta de que eso no sólo sería un problema porque podría enfrentar cargos, si no que pondría en juego su matrimonio ficticio con Miguel, y eso evitaría que pudiera conseguir la residencia en Estados Unidos. Al pensar en ese compromiso, recordó que la próxima semana ambos tenían una cita para ser entrevistados como esposos.

Eso implicaba tener un conocimiento exhaustivo del otro para poder evitar cualquier sospecha por parte de las autoridades. Elena llevaba una buena amistad con Miguel, pero no era lo suficientemente cercana como para poder conocerse a la profundidad que necesitaban. Además, si ella había olvidado que tenían esa cita programada, seguramente él la había dejado pasar por completo.

Sus pensamientos se interrumpieron cuando recordó que John había estado escribiéndole antes de que todo saliera mal con Andrés. Revisó su teléfono y tenía un mensaje de un número desconocido que, imaginó, era de él: "¿Quieres ir al cine este viernes?"

Elena se sintió gratamente

sorprendida. A ella le había agradado mucho ese rato juntos y, aunque no hubiera logrado acabar, disfrutó mucho haber tenido sexo con él. Además, su atrevimiento de hacerlo frente a la ventana y a la vista de cualquiera le había encantado. Pero, a pesar de eso, la forma en que se habían dado las cosas le hizo pensar que sería algo de una sola noche. Nunca pensó que él lo hubiera disfrutado tanto como para querer seguir viéndose.

"Claro, ¿a qué hora y dónde?" le respondió de inmediato. Como John la había invitado al cine, y no directamente a su apartamento, eso le llevó a pensar que su interés por ella iba más allá de lo físico, y eso le resultaba grato. Ella lo había encontrado muy atractivo, y había descubierto en él muchas otras características agradables fuera de lo que el sexo les había ofrecido. El hecho de que fuera estadounidense le gustaba, y que pudiera hablar español a pesar de eso, le gustaba aún más. Su físico se le había hecho seductor, y su simpatía, encantadora.

Pocos minutos después, ambos habían concretado la hora y el lugar de la cita. Irían a una función de la noche, para poder llegar allá con tiempo suficiente luego de haber salido del trabajo. "Tengo muchas ganas de volver a verte, Elena" le había dicho él. Fue un gesto sutil, pero bastó para que ella comenzara a dar rienda suelta a la ilusión.

Unas horas más tarde, Miguel ya estaba de vuelta en casa. Apenas éste atravesó el umbral de la casa, Elena corrió hacia él muy apresurada. El hecho de haber olvidado por completo la cita de la entrevista, le había puesto muy ansiosa, y necesitaba que él le diera una solución rápida para poder calmarla.

"Yo no soy un tipo muy complejo, Ele, con que te cuente sobre mí un par de horas ya podrás imaginarte el resto" le contestó él, muy a la ligera. Y eso podía ser cierto, ella se sentía muy capaz de dar respuestas acertadas, o a los menos creíbles, sobre quién era Miguel, pero su verdadera preocupación era el desempeño que pudiera tener él respecto a conocerla a ella. Elena insistió en que el momento para conocerse fuera, no sólo más largo, sino también lo más profundo posible, como para que no quedara espacio para el error, y para que mentir no fuera necesario. Miguel se mostró un poco reticente al principio, pero accedió a hacerlo a cambio de que ella le brindara un buen vino.

Más tarde, esa misma noche, Telma y Elena decidieron pasar un rato por el bar más cercano, para compartir unos tragos y tomarse un tiempo para conversar, cosa que, aunque disfrutan mucho, no han tenido mucho tiempo de hacer últimamente. Antes de salir, Elena se tomó unos minutos para revisarse, y confirmar que el sangrado aún no se detenía. Se esforzó por no pensar en eso y mantenerse tranquila, aunque el hecho todavía no dejaba de preocuparle ligeramente.

De camino al bar, la conversación de ambas comenzó a fluir sin detenerse. Hechos anecdóticos de su día a día, comentarios acerca de las noticas de las últimas semanas y críticas típicas sobre el trabajo inundaron el discurso de ambas. Apenas atravesaron el umbral del bar, Telma comentó, con un tono de voz bajo y sutil, algo que rompió todo el hilo banal de la conversación: me estoy enamorando de alguien.

Elena comenzó a disparar preguntas sin detenerse, hasta que se sentaron en una de las mesas. Telma sólo sonreía apenada ante la creciente duda de su prima, pero no pronunciaba ninguna palabra al respecto. Elena se sintió intrigada por la actitud un poco avergonzada de su prima, pues su comportamiento suele ser más bien, todo lo contrario.

— ¿Qué sucede, Telma?

— He tenido mucho tiempo queriendo contártelo, pero no estaba segura de ello – le dijo

— ¿Por qué dudarías de contarme algo así?

— Creo que podría no ser de tu agrado, Ele – al oír estas palabras, Elena comenzó a temer por la identidad del enamorado de su prima

— ¿Por qué? ¿de quién te estás enamorando?

— De una mujer

Elena alejó su cuerpo de la mesa, se recostó en el espaldar de la silla, y dirigió su mirada al fondo del local, sin pronunciar palabra. Estaba esperando escuchar que su prima se había enamorado de algún sujeto peligroso, de algún ex amor suyo, o incluso, de su actual esposo: Miguel. Pero nunca se sintió preparada para escuchar que estaba interesada en alguien de su mismo sexo. Muchas preguntas pasaron por su mente, pero sólo una prevalecía como la más intrigante: "¿por qué me siento tan incómoda al respecto?".

El silencio entre ellas se hizo tan denso que estaba a punto de adquirir forma, color, textura y voz propia. Telma permanecía inmóvil, viendo la mirada perdida de su prima. Ella había sido muy precavida al respecto, precisamente porque se imaginó que una mala reacción estaba dentro de las posibilidades. A pesar de que ambas tienen una relación de mucha confianza, Elena ha sido una mujer conservadora hasta el hueso, por lo que Telma sabe que a veces se debe proceder con precaución con ella.

Sin embargo, La revolución sexual por la que Elena estaba pasando, había hecho pensar a su prima que, tal vez, sus concepciones respecto a otros ámbitos de la sexualidad podrían haberse holgado un poco más, al menos para permitir la aceptación y dar cabida a una relación con alguien que pudiera gustar de personas de su mismo sexo. La no respuesta recibida, había sido suficiente para darse cuenta de su error.

Elena, en medio de su silencio, lidiaba con muchísima bulla en medio de sus ideas. Comenzó a dudar sobre la sanidad de su prima, sobre sus valores y moralidad, e incluso, comenzó a sentirla ajena, como una extraña más de las que estaban en el bar. Se cuestionó las razones para sentir ese malestar, pero sólo veía el desfile de prejuicios hacia los homosexuales que llevaba toda la vida cosechando. Imaginarse a su prima pudiendo sentir amor o atracción hacia otra mujer le parecía absurdo.

    - Elena, dime algo por favor - le dijo Telma, rompiendo con el silencio
    - Tengo muchas más preguntas ahora - dijo ella con un tono de

voz que no demostraba ningún
tipo de emoción
- Puedo contestarlas todas
- Para empezar: ¿quién?,
¿cómo? y ¿por qué?
- Se llama Maia, la conocí a
través de Julio, un amigo que
tenemos en común. El cómo y por
qué no sé cómo responderlos,
porque es igual que con
cualquier otra atracción: casi
casi inexplicables.
- No lo entiendo. A ti te
gustaban los hombres
- Y me siguen gustando, esto
no ha erradicado mi gusto por el
sexo masculino.
- Sigo sin comprenderlo, Telma
- También comenzó siendo algo
inentendible para mí, pero quise
permitírmelo, y quiero que tú
también puedas permitirlo y que
no afecte la buena relación que
tenemos. - le dijo, mientras
tomaba una de sus manos con
mucha fuerza. Elena apretó su
mano con cuidado y bajó la
mirada.
- A ti ahora te gustan los
jovencitos, y no te juzgo en lo
absoluto, Ele - comentó ella en

un tono sarcástico. Elena se carcajeó por lo bajo.

- Voy a intentarlo, de verdad - le dijo ella, sin siquiera levantar la vista.

Telma sonrió y agradeció cálidamente a su prima: eso era lo que necesitaba escuchar en un momento como ese. Aunque no lo pareciera, Elena si quería intentarlo. La relación que ambas tenían era muy importante para ella, pues contar con su prima significaba un apoyo emocional, una compañía incondicional y muchos ratos de buen humor. Sabía que descubrir esta nueva característica de Elena podía ser algo que afectara su relación, pero deseaba que el cariño pudiera superar sus ideales conservadores ante estos temas.

Su conversación se vio interrumpida por una voz masculina: "disculpen que las interrumpa, pero usted se me hace conocida". Ambas voltearon de inmediato. Ante la mesa estaba un hombre alto y moreno

de ojos oscuros, que veía a
Elena con mucha intriga y
simpatía. Ella también encontró
su rostro muy conocido. Telma
permaneció un poco irritada por
el tema que él acababa de
interrumpir.

   - Usted también se me hace muy
conocido, ¿es venezolano? -
preguntó Elena
   - Sí, de Maracaibo. Pero mi
familia se mudó a Caracas unos
años después.
   - Yo viví en Caracas siempre,
en San Antonio de los Altos.
Seguramente allá coincidimos en
algún momento.

La conversación comenzó a extenderse,
sin que ninguno de los dos pudiera
recordar exactamente de dónde podrían
conocerse. El hombre acercó una silla
a la mesa y se sentó junto a ellas,
mientras intentaba conseguir algún
punto entre su pasado en Venezuela, y
el de Elena. Repasaron el colegio al
que asistieron, la universidad, los
lugares donde vivieron, lugares de
reunión frecuentes y posibles amigos
en común, pero nada lograba hacer que
coincidieran. Aun así, que se conocían

resultaba evidente.

De vez en cuando, Telma, que había sido desplazada de la conversación, dirigía de vez en cuando breves miradas de hastío hacia Elena, quien aunque la miraba, se esforzaba por ignorarla, pues su curiosidad por conocer la familiaridad de ese hombre en su vida se acrecentaba entre más posibilidades se descartaban.

Tras alrededor de media hora buscando cualquier coincidencia, por fin parecieron dar con el lugar común: unas clases para perfeccionar el inglés que habían tomado hacía unos 10 años. El hombre, quien ya se había presentado como Salvador, había sido compañero de estudios de ella, e incluso habían llegado a establecer una breve amistad que se vio vencida con el final del semestre que duraba el curso. Nunca habían intercambiado ninguna forma de contactarse, por lo que se habían perdido el uno del otro.

Para la desgracia inicial de Telma, la reunión de esos viejos amigos no acababa ahí, pues ambos comenzaron a extender la conversación con cualquier asunto banal que pudiera pasar por sus cabezas. Elena, al darse cuenta de la incomodidad de su prima, comenzó a orientar los tópicos de la charla hacia la política, por lo que Telma entró con mucho placer a formar parte de la amistosa discusión que acababa de darse por iniciada.

Comenzaron a correr las horas entre tragos y risas, hasta que se hizo la una de la madrugada, y Salvador pidió permiso para retirarse, no sin antes intercambiar números telefónicos con Elena. Tras su ida, Elena pidió disculpas por haber permitido esa intromisión a la conversación tan íntima que ambas estaban llevando. "Tranquila, tú y yo nos tenemos todos los días, a él no lo habías tenido desde hace 10 años" le respondió ella, con una voz adormecida.

Era tarde, y ambas debían trabajar al día siguiente, así que decidieron irse al instante. Caminando de vuelta a casa, Telma hizo un breve comentario: "Para que veas que mi gusto por los hombres sigue latente: ese Salvador estaba guapo". Elena soltó una suave carcajada, y pensó que su prima estaba en lo correcto.

CAPÍTULO 7
EL TÍMIDO

Al día siguiente, Elena pasó gran parte de su día en el trabajo pensando respecto a la posibilidad de volver a verse con Salvador, y a "esta cosa nueva" de Telma que tenía que aprender a sobrellevar. La primera se podía resolver de forma sencilla con un mensaje de texto, pensaba ella; la segunda, requería un poco más de esfuerzo emocional y cognitivo.

Esta nueva forma de concebir la vida fuera de la religión y la presión paternal que Elena estaba construyendo era, consideraba ella, bastante liberal. De hecho, estaba en un punto de su vida, en el que no alcanzaba a catalogarse como una mujer conservadora, pues había desligado totalmente el sexo de cualquier tipo de compromiso, y se consideraba abierta en cuanto a las posibilidades que el sexo tenía para ofrecerle. Sin embargo, esta visión un poco más moderna respecto a la sexualidad no se extendía hacia los otros campos que la sexualidad abarca.

El simple hecho de poder aceptar este

nuevo interés que tenía Telma y continuar con su relación como lo han venido haciendo hasta ahora, era algo que no resultaba invasivo, y de hecho, no afectaba directamente la vida sexual ni personal de Elena. Esto significaba que era algo que requeriría tan solo un poco más de holgura de su nueva concepción liberal del sexo. Ella estaba consciente de eso, sin embargo, no lograba desapegarse de sus viejas concepciones.

Se imaginaba a "esa tal Maia" yendo a casa con Telma, acompañándolas al bar, al cine, y comenzando a formar parte de su vida cotidiana. Imaginaba a Telma sosteniendo la mano de una mujer, besándola, queriéndola. Imaginaba a su prima de toda la vida amando a una mujer, y la imagen le resultaba, cuando menos, aversiva.

Comenzó a pensar, para intentar justificar su desencanto, que tal vez ahí residía el problema: ella no tenía ningún problema con que su prima tuviera una pareja femenina, sino con el hecho de que una pareja homosexual comenzara a formar parte de su cotidianidad. Sin embargo, su argumento no le resultaba

reconfortante, pues sabía que para que
Telma pudiera ser feliz, compartir
diferentes aspectos de su vida era
algo importante, al igual que el poder
compartir una relación entre su pareja
y su prima. La felicidad de Telma
nunca había sido puesta en juego en
sus pensamientos.

Trató de enfocarse en el único aspecto
de este tema que todavía lograba
reconfortarla: Telma seguía siendo
Telma. Esto le permitió tomarse un
descanso de este diálogo interno y
poder pasar al otro tema que resultaba
de su interés: Salvador.

Él se había mostrado como un caballero
muy divertido durante la noche
anterior, e incluso ella se atrevería
a decir que fue muy coqueto durante
toda la velada. Las horas hablando con
él sobre cualquier vanidad habían
pasado muy rápido, demostrando que
podía hacer de cualquier tópico un
tema de interés, y que el tiempo
pasaba ligero a su lado, y eso le
gustaba. Además, estaba encantada con
lo atractivo que le había resultado.

Quería volver a verlo, y de eso estaba
segura. Revisó su teléfono sólo para
confirmar que, a esa hora del día, él

aún no se había comunicado con ella.
Comenzó a pensar en la posibilidad de
concertar ella una cita con él, y no
le pareció descabellado. Pasó por la
lista de sus compromisos cercanos, y
comprobó que si no lo veía esa misma
noche, o al día siguiente, sólo
podrían volver a coincidir la semana
siguiente, y eso, en ese momento,
sonaba como una eternidad.

Rápidamente escribió un mensaje al
número de Salvador, saludándolo y
preguntándole por el tiempo libre del
que disponía en esos días. Recibió una
respuesta rápida: "¿te gusta bailar?"

Elena nunca había sido una de esas
mujeres que baila en todas las
fiestas. Apenas dominaba un poco el
merengue, y conocía alguno que otro
paso de salsa. Nunca se preocupó por
aprender a bailar, pues como siempre
se supo tímida, estaba muy segura de
que nunca utilizaría esos
conocimientos. Sin embargo, el hecho
de que Salvador hiciera esa pregunta,
dejaba muy en claro que a él si le
gustaba bailar, y que probablemente
sabía hacerlo muy bien. El hecho de
que él probablemente fuera buen
bailarín lo hacía, por alguna razón,
más atractivo ante los ojos de Elena.

Pensó que aunque ella no supiera bailar muy bien, verlo bailar y que probablemente el pudiera enseñarle a ella unos cuantos pasos, le pareció un buen plan. Le respondió que sí, a lo que él le respondió enviándole la locación de una discoteca latina en la ciudad. Quedaron en verse ahí esa misma noche.

El resto del día se movió con velocidad. Había muchas cosas por hacer en la oficina, y muy poco tiempo para terminarlas. El día fue agotador, pero no por ello quiso cancelar su cita con Salvador. Al llegar a casa, Telma no estaba, y Miguel tampoco. Eso la dejaba sola en cuanto a la elección de qué ponerse para esa noche, cosa que no quería.

Consideró en la posibilidad de mandarle fotos de los posibles vestuarios a Telma a través de su celular, para que le diera su opinión a distancia. Pensó que probablemente no estaba en casa porque estaba con "la tal Maia", y la idea, además de desagradarla, le quitó las ganas de interrumpir a su prima en cualquier cosa que estuviera haciendo con ella.

Luego de darse un buen baño, tomó lo

primero que consiguió en el closet, y no le pareció que pudiera ser una mala elección: una falda color rosa pálido con una blusa negra. La tela de ambas prendas resultaba lo suficientemente cómoda como para permitirle ejecutar cualquier paso de danza sin ningún problema. Decidió combinarlos con unos zapatos de tacón que no fueran demasiado altos, para evitar cualquier posible accidente. Se probó la ropa y, aunque sintió que la falda tal vez era demasiado corta para ella, prefirió pasarlo por alto y quedarse con esa opción.

El maquillaje elegido fue, como siempre, muy ligero, aunque no por ello, menos atractivo. Se recogió el cabello en una cola alta, y dio una buena forma a las ondas que caían hasta la parte alta de su espalda. Se vio al espejo y se sintió satisfecha con el resultado. Antes de salir, revisó su ropa interior, sólo para confirmar que el sangrado ya se había detenido y que podría tener sexo sin mayor problema, si llegara a darse el caso.

Tomó su celular para pedir un Uber hasta el lugar. Vio entonces que Salvador le había mandado un texto hacía unos cuantos minutos: "estoy ansioso por verte hoy". Ella soltó una sonrisa pícara, y respondió diciéndole que ella también tenía muchas ganas de verlo.

Su Uber llegó pronto a buscarla, y tras veinte minutos de espera, ya estaba en la entrada del club. Llamó entonces a Salvador, quién ya estaba dentro del lugar, por lo que salió a recibirla.

Al entrar, las luces y la música estropearon cualquier tipo de comunicación entre los dos. Por más que elevaran sus voces, el otro no lograba escucharlo. Optaron entonces por acercarse y hablarse al oído. "Luces hermosa, Ele".

Se sentaron en una mesa que había en el lugar y pidieron un par de mojitos. Poco a poco comenzaron a ambientarse al ruido del lugar y no se vieron obligados a elevar tanto sus voces para que el otro pudiera escucharle. La conversación comenzó a moverse con bastante fluidez, y entre más mojitos venían, más divertida se ponía. Alrededor de una hora después, el inicio de una canción de salsa hizo que Salvador detuviera la oración que había empezado a formular, para luego levantarse y tomar a Elena de la mano y sacarla a bailar.

"Yo no soy muy buena bailando salsa" le dijo ella, mientras caminaban hacia la pista. "Verás cómo aprendes viéndome bailar a mí" le respondió él. Ya en medio de todas las otras parejas que bailaban, Salvador la tomó por la cintura y comenzó a moverse con tremenda soltura, mientras cantaba la canción sin olvidar ni una sola palabra. Elena miraba al suelo un poco desconcertada, tratando de seguir el paso de los pies de su compañero. Él, al darse cuenta, le dio una breve explicación de qué hacer con la parte inferior de su cuerpo, y eso bastó para que ella pudiera comenzar a seguirle el ritmo.

Poco a poco él comenzó a incluir vueltas y giros en medio de sus pasos, y ella sólo se dejaba llevar por el vaivén de Salvador y la música que inundaba el club. Acabó la primera canción, y luego vinieron diez canciones más que ellos bailaron sin parar. De vez en cuando Elena cometía alguna torpeza con sus pies, a lo que él sólo se reía de forma amistosa y la ayudaba a recuperar el hilo.

Los pasos de Salvador eran como de un experto. Conocía más de 10 giros y pasos diferentes, y el movimiento de su cintura era capaz de seguir el compás de cada canción que se escuchaba. Él no dejó de sonreír en todo el tiempo que estuvieron bailando, lo que demostró que la estaba pasando muy bien. Elena estaba maravillada por su talento como bailarín, y también por cómo le había ayudado a seguirle el ritmo sin mayor problema.

Tiempo después, ya cansados, volvieron a sentarse y a pedir un par de bebidas más. Elena aprovechó para preguntarle dónde había aprendido a bailar con tanta soltura, a lo que él le explicó que en Venezuela solía tomar muchas clases de baile de diferentes géneros latinos.

La noche siguió entre risas y muchas anécdotas, pero cuando el reloj comenzó a acercarse a la medianoche, ambos decidieron irse. Ya afuera del local, ambos resolvieron llamar un taxi para que lleve a cada uno a su casa. "Ele, tengo un ron venezolano en la casa, ¿no quisieras acompañarme a beberlo?" le dijo Salvador, antes de que alguno de los dos hiciera la llamada. Elena sabía lo que eso quería decir, así que aceptó sin mayor dilación. Ya en el taxi de camino, ella comenzó a pensar si es que acaso todos los hombres ponen de excusa ir a beber algo juntos para poder terminar acostándose con las mujeres.

El apartamento de Salvador era pequeño y acogedor. Tenía una sola habitación, baño, sala, cocina y un pequeño bar dentro de esta. Se sentaron en la pequeña barra del bar, y él comenzó a servir el ron en pequeños vasos de vidrio. Elena nunca había sido gran amante del ron, pero cada trago de ese sabía a estar de vuelta en casa.

Poco a poco, Salvador comenzó a acariciar suavemente la pierna derecha de ella. Se sentían como cosquillas, y los cabellos se le comenzaron a erizar con la sensación que provocaba. Estaban conversando sobre las cosas que recordaban de su país y su familia, pero Elena se dio cuenta de que él estaba prestando muy poca atención a sus palabras, pues estaba tratando de, sutilmente, acercarse más a ella.

Pocos minutos después, ya eran pocos los centímetros que los separaban, y ambos podían sentir con todo detalle la respiración del otro. La conversación comenzaba a perder sentido, las respuestas de los dos poco tenían que ver con el tema que trataban. Elena sólo estaba esperando el momento en el que Salvador se atreviera a acercarse un poco más, al menos lo suficiente como para darle un beso. En medio de una oración, él se abalanzó sobre sus labios.

Ella pudo volver a probar el licor en el beso de él, y eso le gustó. Sus besos eran suaves, húmedos y pasionales. Las manos masculinas la tomaron por la espalda, acercándola con decisión hacia su pecho, y levantándola de la silla.

Los besos no se detenían, y se hacían cada vez más y más excitantes. Suaves mordidas comenzaron a formar parte del juego, lo que lo hizo más difícil de poder resistir. Elena se separó de sus labios y comenzó a besar su cuello siguiendo los mismos movimientos que había modelado en sus labios, y pudo sentir como su respiración se hacía más y más profunda. Las manos de él ya habían bajado más allá de la espalda, y comenzaban a palpar la carne más trémula de su cuerpo.

Salvador retiró sus manos y comenzó a despojarla de su blusa con cuidado, mientras ella hacía su mayor esfuerzo por no dejar de besarlo. Él alcanzó a rodear las curvas del sostén con sus manos, apretando suavemente las dos tetas. Acarició la porción de ellas que la lencería no alcanzaba a cubrir, y con ello el pequeño pico de un pezón erecto que se escapaba. Una de sus manos se fue hasta la espalda y, con un solo movimiento, hizo que la pequeña pieza de tela cayera.

Elena sintió el calor de sus manos en el pecho, mientras ella seguía besándolo, alternando entre sus labios y su cuello cada tanto. El tacto masculino comenzó a desabrochar la falda, haciendo que cayera con cuidado mientras acariciaba la piel que iba quedando descubierta. Esa noche, ella había elegido utilizar una combinación de lencería de muy pequeñas dimensiones, que dejaba casi todo a la vista.

Salvador se separó de su cuerpo y la recorrió con la mirada de arriba hacia abajo, la admiraba con detalle. Elena sólo se quedó quieta, disfrutando como se sentía lucir su cuerpo desnudo ante el hombre excitado.

Él la tomó de la mano y, sin decir palabra, la guio hasta la habitación, la acostó en la cama, se posicionó sobre ella con cuidado, y comenzó a besar su pecho con suavidad. La respiración femenina comenzó a intensificarse poco a poco. Las manos de Elena se dirigieron con cuidado al botón superior de su camisa, y comenzó a abrirla con cuidado, a lo que Salvador tomó una de sus manos y la retiró con delicadeza.

El gesto la sorprendió: ¿acaso él se estaba negando a que ella lo desvistiera? Pensó que tal vez ella había malinterpretado el gesto, y prefirió simplemente pasarlo por alto. "Me encanta como te ves" le dijo él entre beso y beso. Ella le respondió con una risa breve.

Minutos después, Elena continuó intentando desabrochar la camisa de él con cuidado. De repente, las manos de Salvador cogieron a las suyas y la retiraron de su camisa con un movimiento desesperado.

    – ¿Qué pasa? – le preguntó ella alterada

- Es que no me gusta
desnudarme frente a otras
personas - le dijo
- ¿Qué?, ¿por qué? - le
preguntó sorprendida, esperando
que se tratara de alguna broma.
- Es que soy muy tímido
respecto a mi cuerpo - respondió
él con un tono de voz casi
imperceptible.

Lo primero que a ella le pasó por la
cabeza fue que él no quería acostarse
con ella y que esa era la excusa
elegida, por lo que señaló su propio
cuerpo desnudo con una expresión de
incomprensión en la mirada, tratando
de hacerle una seña de: entonces ¿por
qué me desvistes a mí?.

- Eso no quita que no quiera
estar contigo
- Pero ¿cómo vamos a hacerlo
si no te desnudas?
- No te preocupes por eso -
dijo él, intentando sonar
seductor

Elena se sintió muy confundida, y
pensó en la posibilidad de vestirse e
irse. Sin embargo, no sabía si era por
los efectos del alcohol o la extrema

simpatía y atractivo de Salvador, pero
decidió quedarse a pesar de ello.
Además, sintió mucha curiosidad de qué
podría hacer.

Con cuidado, hizo que ella se volteara
para quedar boca abajo contra la cama.
Una vez delante de su espalda y sus
nalgas, comenzó a recorrer su piel con
sus labios, llenándola de besos tibios
desde los muslos al cuello. Elena
comenzó a soltar suspiros profundos.

De repente, pudo sentir como uno de
los dedos masculinos se deslizaba
entre sus muslos, hasta alcanzar su
vagina tibia y húmeda. Sintió
caricias, pudo percibir como se abría
paso lentamente hacia su interior, a
lo que se le escaparon suaves gemidos
como respuesta.

Los movimientos comenzaron a hacerse
más rápidos y decididos, aumentando
así el nivel de excitación femenino.
Ambos podían sentir como la
temperatura de ella aumentaba con cada
giro de sus dedos, y con ello también,
el volumen de su respiración.

"Ya no aguanto más" le dijo Salvador
en medio de su agitada respiración.
Elena escuchó cómo se desvestía con

rapidez. "Por favor, no voltees. No quiero que me mires" le rogó él. Ella sólo respondió afirmando con la cabeza. Él se levantó rápidamente y se colocó un condón que tenía a la mano.

Le hizo la panti a un lado, levantó su vientre para que alcanzara la altura de sus caderas, y con cuidado comenzó a penetrarla. Una vez adentro, la tomó por las nalgas e hizo que se movieran en la dirección que él prefería. El pene había entrado sin problema, y a pesar de lo novedosa que le resultaba a ella la posición, no tuvo problema en realizarla.

Pudo sentir que Salvador estaba muy duro en su interior, y que gemía suavemente. Sintió la tentación de voltear para mirarlo, no sólo por curiosidad de saber por qué tenía tantos inconvenientes con su imagen, sino porque quería poder apreciar su rostro excitado.

Pronto, la deliciosa penetración acaparó toda su atención y dejó de pensar sobre el hombre con el que se estaba acostando. No había ningún rostro, ninguna interacción, sólo el suave ruido de la excitación emanando de sus gargantas. En ese momento, sólo eran para el otro un simple objeto de disfrute, y pensar en eso le generó a Elena cierto morbo inexplicable.

El sexo comenzó a ser cada vez más y más fuerte, haciendo que el sonido del choque de las nalgas y el abdomen interfiriera con la melodía inicial. Ella cada vez se humedecía más y más, pero sentía que ya había alcanzado su límite de excitación para ese momento.

Minutos después, Salvador se quedó quieto y soltó un fuerte suspiro, permitiendo a Elena imaginar que había acabado. Ella se quedó quieta en su posición, pensando que era otro hombre más con el que aún no podía conocer un orgasmo. Él se vistió rápidamente, y ella esperó que hubiera terminado para volteara verlo.

      - ¿Te gustó? - le preguntó él, agotado
      - Sí, al final sí que me hiciste disfrutar
      - Te lo dije, bella - respondió él con un aire de satisfacción.

Elena se vistió y llamó un taxi para que fuera a recogerla. Deseaba poder irse rápido para descansar lo más posible, pues esta era la segunda noche en la que dormiría muy pocas horas antes de ir a trabajar.

Antes de dejar la casa de Salvador, éste la abrazó y le agradeció su comprensión. "Te escribo para que volvamos a quedar" le dijo él. Pero Elena no estaba muy segura.

Capítulo 8
Dominada

Esa mañana, las cosas en el trabajo se dieron sin mayores contratiempos, y el tiempo avanzó rápidamente.

La velada con Salvador había sido agradable, pero no por eso le habían quedado muchas ganas de volver a verle. Pensó que no querría tener que limitarse en el sexo con algo tan sencillo como ver a la persona con la que te estás acostando. Tal vez volver a quedar como amigos sería un plan agradable para ambos pero, tomando en cuenta las tremendas inseguridades que lo albergan a él, ¿cómo podría explicarle que ya no quería volver a tener sexo sin hacerle daño? Definitivamente, alejarse no sería una resolución muy adulta, pero al menos era lo que resultaba más fácil.

Ya de tarde, antes de retirarse del trabajo, recibió un mensaje de John para confirmar su cita en el cine de mañana, y para preguntarle cómo había estado estos últimos días. Conversaron brevemente sobre cotidianidades, y confirmaron la hora y el lugar para encontrarse.

De vuelta en casa, y apenas atravesó el umbral del hogar, Telma la abordó

> - Hola, Elena, creo que tú y yo deberíamos hablar
> - Hola, ¿sobre qué quieres hablar?
> - Sobre lo que te conté la otra noche. Nunca pudimos discutirlo tranquilas

Elena había olvidado este tema por distraer su mente con lo que le había sucedido anoche con Salvador, por lo que todavía no había concretado nada sobre el asunto de la nueva enamorada de su prima, y no estaba muy segura de cómo tratar la situación. A pesar de eso, le pareció justo discutirlo.

> - Quiero saber cómo te sientes al respecto - le dijo Telma

- Es extraño para mí. Siempre te habían gustado los hombres, pero de repente quieres estar con una mujer. No logro comprender como te sientes
- Fue complicado para mí también, Ele. Pero estoy aprendiendo a sobrellevarlo.
- ¿Quieres ser lesbiana a partir de ahora?
- No, me siguen gustando los hombres. Diría que más bien soy una persona bisexual

Que Telma se identificara como "Bisexual" implicaba un reto diferente para la Elena conservadora que todavía vivía en su interior. Ella no lograba comprender cómo alguien podría sentirse atraída por ambos sexos, sino que pensaba que más bien sería un problema de indecisión. "¿Y por qué no eliges a hombres o mujeres solamente?" le dijo a modo de solución

La pregunta tomó a Telma por sorpresa. Comprendió que su prima no quería ser grosera, pero esa simple pregunta era señal de que no comprendía en lo absoluto su situación, y que al parecer no había dejado de ser una mujer netamente conservadora y clásica. Ella sólo había gustado de hombres en su vida, hasta que conoció a Maia y todo fue diferente. Con ella comprendió que su atracción por los hombres no era exclusiva.

- Es que la sexualidad no funciona así, no es cuestión de decidir. Sólo te pasa y ya. – soltó Telma, un poco molesta
- No entiendo cómo algo así puede simplemente pasar.
- Elena, mejor paremos este tópico. Quería saber si para ti el hecho de que yo esté con una mujer representa un problema real. Las interrogaciones prefiero ahorrármelas.

Elena suspiró profundo. No estaba convencida, no estaba del todo segura de que representaba para ella que Telma saliera con una muchacha. Sin embargo, estaba segura de que le importaba mucho su felicidad. Pensó que ella no tenía derecho para entrometerse en el hecho de que su prima fuera realmente feliz, entonces decidió que esa fuera su respuesta: "No sé si sea un problema o no, pero sé que quiero que tu estés feliz".

Telma se levantó de su asiento y abrazó a su prima, agradeciéndole por no querer entrometerse entre Maia y ella.

Finalizado ese tópico, Elena le contó lo que había sucedido con Salvador la noche anterior. Telma no podía hacer más que reír al escuchar la historia. "Apenas me diera cuenta de que el tipo no se iba a dejar ver, me iba, te lo aseguro" le dijo. Elena también le comentó que al día siguiente se vería con John en el cine, cosa que impresionó a su prima, porque "parecía cosa de un debut y despedida".

A la mañana siguiente, en el trabajo, recibió un mensaje de texto de John, diciéndole que tenía muchas ganas de verla y que ya se había tomado la molestia de comprar las entradas, para que ella pudiera estar más cómoda. Eso hizo a Elena sonreír y entusiasmarse más por la cita de esa noche.

El día laboral avanzó con lentitud y pereza. Habían muchas cosas que hacer y todos tenían una diligencia diferente, incluida Elena, que pasó el resto del día pegada ante un archivero revisando currículum tras currículum. Cuando dieron las 5, estaba agotada.

Al llegar a casa, un poco apresurada para poder arreglarse un poco y asistir, abrió la puerta y se encontró con una imagen novedosa y sorprendente: Telma sonreía mientras cogía de la mano a una mujer delgada, morena, de cabello lacio y oscuro, quién también estaba sonriendo. Elena se quedó un poco sorprendida ante lo que estaba presenciando. Las dos mujeres, voltearon al escuchar el ruido de la puerta.

- Me alegra que por fin se conozcan: Maia ella es Elena, Elena ella es Maia - dijo Telma, sonriendo

Maia se levantó de su asiento diciendo "Es un gusto conocerte" y extendió su mano hacia Elena, quien también le devolvió el saludo, pero sin pronunciar ni una palabra. "Permiso, tengo que arreglarme para salir" fue lo único que alcanzó a decir antes de retirarse a su habitación. No alcanzó a escuchar, pero Telma soltó un sonoro suspiro que delataba su descontento.

Ya en su cuarto, Elena se bañó apresurada y comenzó a buscar entre su ropa una pinta para esa noche. Pensaba en lo incómoda que se había sentido presenciando a su prima con otra mujer, pensaba en lo conservadora que todavía era y en sus palabras de la noche anterior: "No sé si sea un problema o no, pero sé que quiero que tu estés feliz". Por la escena que acababa de ocurrir, parecía que sí había un problema al respecto.

Pocos minutos después, ya de salida, se dio cuenta de que Telma y Maia se habían ido sin despedirse, y pensó en la posterior pelea con su prima que se le avecinaba.

Tomó un Uber hasta el cine donde se encontraría con John, quien ya estaba esperándola allá. John le saludó con un cálido beso en la mejilla, y le hizo saber que lucía hermosa esa noche. Elena se sintió sonrojada.

Compraron algunas botanas en la entrada para poder ver la película sin tener problemas por sentir hambre. Ahí él le hizo saber que le gustaría que fueran a su casa a cenar, porque hacía poco había preparado una pasta deliciosa, y quería que ella la probara. "¿cómo decir que no?" pensó Elena.

Una vez dentro de la sala, la atención de ella se bamboleaba entre la historia que contaban en la película, en su incomodidad respecto a la nueva relación que estaba manteniendo Telma y en ella tratando de sólo concentrarse en lo que proyectaba la pantalla. Tras unos veinte minutos de estar ahí, John comenzó a acariciar suavemente la pierna de ella que le quedaba más cercana, distrayéndola de su pequeño problema prestando atención y logrando así que sólo se concentrara en el momento presente. Esa noche, él se estaba comportando muy dulce con ella.

Tras dos horas de película y de las sutiles caricias de John, ambos salieron y tomaron un Uber junto hasta la casa de él. Al llegar, Merlín, el gato, se acercó a las piernas de Elena y comenzó a dar vueltas alrededor de ellas. "Parece que te recuerda" le dijo él. Ella le respondió al gato con mimos, haciendo que este comenzara a ronronear por lo bajo.

Se sirvieron unas copas de vino mientras John preparaba la mesa donde cenarían. Verlo tan dedicado por una cita con ella le causó muchísima ternura, por lo que la imagen se le hacía muy agradable a la vista.

El plato de esa noche era una pasta carbonara que lucía deliciosa. John pidió disculpas por el hecho de que la comida no estaba recién hecha, le explicó que la había preparado para una cena a la que estuvo invitado y que no se imaginó que sobraría suficiente como para que ambos pudieran probarla esa noche. A ella, realmente no le importaba.

Se sentaron a la mesa y comenzaron a comer. Elena confirmó así que la comida sabía tan buena como se veía, y que él era muy hábil con la cocina, o al menos, para preparar ese plato.

La conversación alrededor de la comida se centró en la película que habían visto, y en las películas anteriores que también ambos habían visto, sin saberlo. Pero entonces, ella quiso preguntarle sobre el tema que venía

dándole vueltas en la cabeza desde que
salió de casa esa misma tarde.

- ¿Qué opinas sobre la
bisexualidad? - dijo. John se
quedó un poco extrañado por lo
repentino de la pregunta
- No opino nada, es como
cualquier otra orientación
sexual. ¿Por qué? ¿eres
bisexual? - soltó él como si
nada
- No, ¿cómo crees?
- No lo sé, eso pensé. Para mí
sería lo mismo - respondió él
- ¿Por qué lo ves con tanta
naturalidad?
- Porque al final de cuentas
siguen siendo personas queriendo
a otras personas y nada más, ¿no
crees? - al oírlo, Elena sonrió.
No había pensado que en el
fondo, era sólo Telma queriendo
a otra persona.
- Nunca he entendido por qué
se hace tanto *big deal* al
respecto. Tú y todos también
podrían tomarlo con naturalidad.
- terminó de decir él.

Quizás John tenía razón, no
tenía por qué significar tanto
un asunto tan simple como querer

a otras personas.

La cena terminó, y ellos se quedaron un rato más bebiendo vino y conversando. "De verdad me la paso muy bien contigo" le dijo John, mientras le acariciaba la mejilla con ternura. Elena volvió a sonrojarse y le dijo que ella también disfrutaba mucho su compañía.

"¿Podemos ir a mi habitación?" le soltó él al darse cuenta de que el vino ya se había acabado, a lo que ella aceptó. Ya sobre la cama, se acostaron mirándose de frente, mientras él seguía mimando su rostro con cuidado.

Ella, sin ninguna prevención, se acercó hacia él y comenzó a besarlo con fuerza, con ganas, con pasión. John respondió tomándola por las mejillas y acercándola aún más hacia el interior de su boca.

Cuando pudo darse cuenta, él estaba probando cada rincón del interior de su boca, y los llenaba de caricias. Los ojos de ambos permanecían cerrados, sólo estaban concentrados en las sensaciones que obtenían del otro.

Pronto, Elena comenzó a desvestir el torso de John, y se acercó hacia él para poder sentir su piel. Él, quitó la blusa y el sostén con cuidado, y la tomó entre sus brazos. Como resultado, podía sentir los pechoos de Elena descansando sobre su pecho.

Ella comenzó retirarse el resto de la ropa tratando de no alejarse de él. Cuando quedó completamente desnuda, John acercó una de sus manos a la entrepierna femenina y sintió su calidez. Comenzó a tocarla lentamente, recorriendo toda su área genital, de arriba hacia abajo. En un momento, su dedo se salió del periné, y alcanzó a llegar más abajo. Elena tuvo un sobresalto inicial, pero luego se dio cuenta de que estaba disfrutando mucho esa sensación.

El comenzó a escuchar como la respiración femenina se hacía cada vez más profunda, dándole a saber que lo estaba disfrutando, entonces decidió dar un paso más allá. Acercó uno de sus dedos a sus labios, para humedecerlo en su boca, y luego volvió a colocarlo encima del mismo punto de placer, y lo fue introduciendo con cuidado.

Elena no podía creer lo que estaba sintiendo, sobre todo porque no tenía conocimiento de que nada parecido al sexo anal existiera actualmente. No sabía muy bien por qué, pero sentirlo ahí adentro le gustaba. Le generaba cosquillas y mucho placer.

Con cada movimiento, su dedo entraba con mayor soltura, así que él quiso llegar un poco más allá. Con cuidado, fue introduciendo otro de sus dedos para que acompañase al otro, mientras volteaba a mirarla para saber si lo estaba disfrutando. Ella no lo veía, sólo permanecía con los ojos cerrados, mientras se le escapaban gemidos cada vez más altos. El placer comenzó a ser más intenso con cada movimiento de sus dedos.

"¿Te gustaría que lo intentáramos por el culo?" le preguntó él de repente. Elena, quién estaba disfrutando de todas las maravillosas sensaciones que no sabía que esa área podía ofrecerle, no consiguió cómo negarse. John se colocó un condón, la puso a ella en cuatro, y fue abriéndose paso en su interior lentamente. Una vez dentro, permaneció quieto por breves segundos para poder disfrutar de lo que estaba sintiendo. El placer que Elena sentía era nuevo, diferente a lo que había podido vivir hasta ahora con el sexo vaginal.

John rodeó las caderas de ella y comenzó a mover su pelvis con soltura, acercándose y alejándose del rebote de las nalgas. Ella comenzó a gemir a viva voz, y eso le provocó a él hacer las cosas un poco distintas. "Elena, dime si lo que voy a hacer a continuación te disgusta". Y al terminar su frase, acercó la mano a sus cabellos, la sujetó con fuerza y siguió cogiéndosela.

Ese simple gesto, bastó para que Elena

se sintiera sometida y a merced de él, y para su sorpresa, eso le gustaba. Sentía que John tenía todo el control de lo que estaba pasando y que lo único que ella tenía que hacer era seguirle el juego. De repente, él intercaló una suave nalgada en medio de sus movimientos. Ella se sorprendió, y le encantó. "Dame otra" le dijo.

John siguió dándole nalgadas que escalaban en intensidad, y a Elena le encantaba cómo se sentía. Cada una hacía que Elena se sintiera más y más sometida por él, y encontraba mucho placer en sentir ese poder sobre ella.

Tenerla en esa posición era demasiado placentero para él. Tenía rato aguantando las ganas de acabar, intentando ir más despacio de vez en cuando, pero ya estaba empezando a perder el control sobre el nivel excitación que sentía. De repente, y sin cómo hacer algo al respecto, el orgasmo le alcanzó. Se le escaparon fuertes gemidos, que le dieron a entender a su compañera que ya todo había acabado.

Elena se sintió satisfecha al saber que él había acabado, pues eso era señal de que lo que le estaba haciendo le gustaba tanto cómo le gustaba a ella. Otra vez, no había tenido ningún orgasmo, pero haber descubierto algo nuevo que le resultara tan placentero, le pareció suficiente.

Ambos se acostaron y se abrazaron. Estaban tibios, agotados y satisfechos. Aunque no estuviera en los planes de ninguno de los dos, el sueño les venció durante el resto de la noche, mientras estaba cada uno rodeado por los brazos del otro.

CAPÍTULO 9
ÍNTIMOS

A la mañana siguiente, John despertó a Elena acariciándole el cabello. "¿Quieres desayunar?" le preguntó al ver cómo abría sus ojos lentamente. Ella respondió afirmativamente, a lo que él se levantó, se vistió y fue a preparar algo para que ambos comieran.

Elena se quedó sola en la cama. Era la primera vez que pasaba una noche con un hombre, que se dejaba someter por uno, y que tenía sexo anal. Una sonrisa pícara se le dibujó en la cara al darse cuenta de ello. Disfrutó descubrirse tan abierta ante diferentes prácticas sexuales, y pensó que tal vez con él no había nada que le pudiera parecer tabú.

Tomó su teléfono y descubrió varias llamadas perdidas de Telma. Era casi mediodía y no había sabido nada de ella, así que probablemente estaba muy preocupada. Un mensaje de texto rápido para informar que aún seguía viva y que pronto volvería a casa bastó para que se quedara tranquila. Salvador también le había escrito, y le estaba invitando para salir esa misma noche.

En esa ocasión, Elena tenía la excusa perfecta para poder zafarse de la invitación: esa noche había quedado con Miguel en hablar para poder conocerse mejor y poder fingir adecuadamente en la entrevista que tendrían. Además, ni siquiera era excusa, porque realmente debía hacer eso.

Luego de responder a Salvador, se vistió y fue con John a la cocina. Ahí él estaba haciendo panqueques, huevos revueltos y salchichas. Era un desayuno americano completo. Para ayudarlo, colocó la mesa para ambos.

Durante el desayuno, hablaron sobre cuánto les había gustado lo que habían hecho anoche. Él le confesó que tenía ganas de hacer eso con ella la primera vez que se vieron, pero que no quería asustarla, así que prefirió esperar. Elena se sintió agradecida con que él no hubiera hecho eso la primera noche. No porque no le hubiera gustado, sino porque reconocía que la primera noche había estado perfecta tal y como había salido. No quería que hubiera sido nada diferente.

Cuando terminaron de comer, Elena terminó de recoger sus pertenencias y llamó a un Uber para que la recogiera. Mientras esperaban, él le dijo que quería volver a verla pronto, y la invitó a ir a almorzar al día siguiente. Ella, aceptó sin mayor dilación. También tenía muchas ganas de volver a verlo pronto.

De camino a casa, pensó que John comenzaba a agradarle mucho más de lo que había planeado. Con él se había atrevido a hacer dos cosas que nunca había hecho con nadie antes, y eso por el simple hecho de que con él como compañero se sentía completamente tranquila, sin la posibilidad de ser juzgada. La ternura que él le había demostrado en esa noche juntos le encantó. Fue sutil, pero fue suficiente para sentirse querida y bien recibida.

Al llegar a casa, se acercó a su habitación para dejar sus cosas y darse un baño. Al escucharla, Telma se apareció ante su puerta con una cara de mucho mal genio. "Fuiste una maleducada" le dijo entre dientes. Elena ya se lo estaba esperando. Se acercó a ella y sin decir nada la abrazó.

Su prima sólo recibió el abrazo, pues dejó su cuerpo inmóvil y en ningún momento tuvo la intención de abrazarla también. "Lo siento, sé que me porté muy mal" comenzó a decir Elena, "ahora yo soy una mujer diferente a la que era hace unos años, y he aprendido a vivir bajo valores y normas que me den mayor libertad y holgura sin sentirme culpable por ello. El hecho de que te hayas acercado a hablarme sobre Maia quiere decir que tú también ves que soy una mujer diferente. A pesar de mis cambios, todavía estoy aprendiendo a convivir con esta nueva forma de pensar y de llevar mi vida, que no sólo me implica a mí sino también a las personas que quiero. Yo estoy aprendiendo a comprenderte, a tratar este asunto con la naturalidad que se merece, pues al final de la historia esto sólo se trata de mi prima queriendo a otra persona. Te pido por eso que también puedas comprenderme tu a mí, entender que estoy tratando, pero que en ocasiones estos ideales con los que pasé toda mi vida, me superan."

Telma la rodeó también con sus brazos y la sujetó con fuerza. "Y quiero que me disculpes con Maia, sé que nuestro primer encuentro fue un chasco. Quiero hacerlo mejor, pero debes darme un poco más de tiempo" terminó de decir ella. Su prima se mostró agradecida, querida y comprendida por fin, como lo había querido desde un inicio. Entendió que esto no sólo era trabajo de Elena, sino que era algo que implicaba el esfuerzo de ambas.

Luego de la grata conversación que ambas necesitaban para despejar las tensiones que les preocupaban, procedieron a pasar el resto de la tarde poniéndose al tanto de las últimas cosas que les habían pasado en su vida. Sobre todo, de lo que había pasado la noche anterior.

Más tarde, Elena salió a comprar el vino prometido para Miguel, quien ya estaba en casa esperando para poder ponerse al tanto sobre quién era realmente su actual esposa. Telma prefirió dejarlos solos esa noche para que pudieran tener mayor intimidad.

El vino elegido era tinto, pues algo que Elena si sabía de Miguel es que este era su licor favorito entre todos. Compró también distintos bocadillos para acompañar la bebida y la conversación.

Ya con todo en casa, sacaron las copas más bonitas que tenían y se sirvieron a gusto. Comenzaron conversando sobe política y sobre lo que se sentía vivir en USA siendo inmigrante. Como siempre, los tópicos no tenían la profundidad que ameritaba para la velada.

Elena, intentando hacer que la conversación fuera en otra dirección, se le ocurrió preguntarle por qué el vino era su licor favorito. "Porque fue el primero que probé, y me hizo apreciar el resto de los licores" le explicó él. "Mi hermano me sirvió mi primera copa de vino a mis trece años, una tarde en la que mis papás nos habían dejado solos y él había asaltado la alacena de licores. El sabor me asqueó al inicio, pero poco a poco fui probándolo con más detenimiento y me di cuenta de dónde estaba el gusto. Desde ese día comencé a disfrutar lo que era beber". Ella tomó su teléfono y comenzó a tomar nota sobre lo que le acababa de decir.

"Mi hermano siempre representó una figura paternal para mi" continuó, "él siempre me enseñó que estaba bien y qué estaba mal, que debía hacer para que las cosas me salieran como yo quería. Mi hermano era un sabio." Elena lo escuchaba con cuidado y seguía anotando lo que le parecía relevante. "Pero no quiero una entrevista, Ele, esto es bidireccional. ¿Cómo eran tus hermanas contigo?"

"Siempre nos cuidamos mucho entre nosotras cuando éramos niñas. María fue quien más me dio a entender que yo debía seguir una vida de la mano de la religión, pues ella era mi modelo a seguir, como yo lo fui de Cristina. Fue una cadena de valores sin duda.

Nunca ninguna me enseñó a beber, por si te lo preguntabas." Miguel se carcajeó, y también se puso a tomar notas de lo que ella le decía. "Cuando crecimos y vi que ambas habían podido formar una familia sin mayor problema, pasé un tiempo pensando que yo había nacido sin la posibilidad de enamorarme realmente, o sin la posibilidad de que alguien se enamorase realmente de mí. Pasé mucho tiempo sintiéndome sola y poco querida. Pero poco a poco aprendí a sobrellevar esos sentimientos y canalizarlos de la mejor forma posible. Hoy en día estoy contenta con cómo se ha dado todo en mi vida." Terminó de decir ella.

La sutil pregunta de Elena había funcionado para generar el *rapport* que les faltaba para llevar una conversación íntima sin problemas. Cada cosa que uno de ellos decía daba apertura para que el otro dijera otra cosa de sí mismo. Pasaron de la familia a los intereses, amores no correspondidos, sueños, aspiraciones hasta los miedos, pasando de tema a tema como si nada, con cada nueva anécdota resbalando sin censura de sus bocas. Pronto, se vieron tan absorbidos por la conversación que ninguno se preocupó por volver a servirse ni una copa de vino más.

Dieron las 4am en el reloj, y con ello decidieron que era momento de detener la conversación y proceder a descansar. Quedaron en que le escribirían al otro cualquier detalle que consideraran importante y que se les haya quedado por fuera esa noche, si es que podía quedar alguno. Elena se fue satisfecha a su cama, pensando en que había decidido casarse con el hombre indicado.

Al día siguiente, Elena se despertó bastante tarde, por lo que apenas abrió los ojos corrió a vestirse para ir a su almuerzo con John sin ningún retraso. Confirmó el lugar con él y se fue en un taxi tan pronto como pudo.

Se quedaron hasta que casi se hizo de noche en el restaurant. La conversación y las risas no se detenían, y ninguno quería dejar de hablar con el otro. En esta oportunidad, conversaron lo que consideraban que les depararía la vida en cuanto a su futuro profesional y personal. "Me gustaría que el futuro me traiga más almuerzos como este contigo, mi bella" le había dicho él.

Al terminar la velada, ninguno de los dos ofreció la posibilidad de pasar la noche juntos, pues la grata tarde que habían pasado se les hacía suficiente y justa. Al parecer, lo que comenzó pareciendo sólo sexo para Elena, había terminado en algún tipo de conexión especial, que se estaba empezando a formar en tan poco tiempo. Comenzaba a preferir más esto que mantener relaciones sexuales con él, y eso podía decir mucho de la nueva Elena.

Cuando se despidieron, acordaron volver a verse entre semana para regresar al cine, pues ambos tenían ganas de ver otra de las películas en cartelera.

Y así lo hicieron. Sólo que no sólo fueron al cine, sino también a cenar, almorzar, a la playa, a casa de John y a visitar un mini golf. Cuando pudieron darse cuenta, ya habían comenzado a verse todos los días de la semana.

CAPÍTULO 10
LA OTRA PRIMERA VEZ

El viernes de esa misma semana, Elena se vio obligada a pedir permiso en el trabajo para faltar y poder asistir a su entrevista con Miguel para poder obtener la residencia. A pesar de que ambos se habían preparado mucho para poder hacerlo bien, igualmente los nervios los invadían. Ella temía no poder quedarse en USA después de todo lo que había conseguido ahí. El, temía cometer un error que hiciera que Elena se viera obligada a alejarse de él y de la vida que tanto deseaba en ese país.

Ingresaron a una sala donde presentaron sus documentos de identidad y acta de matrimonio. El hombre que los iba a entrevistar pasó de mostrarse muy amable, a muy hostil. Las preguntas comenzaron orientadas hacia cómo se conocieron, cómo él le había pedido la mano y cómo era su vida de casados. Eso había sido bien ensayado anteriormente por ambos, así que no hubo mayor problema. Luego, las preguntas fueron individuales, y todas se orientaban hacia preguntarle a cada uno cosas del otro.

El desempeño de ambos fue impecable, como si se hubieran conocido desde toda su vida. No hubo ni una sola muestra que permitiera al inspector sospechar que ellos no estaban realmente casados, y que todo esto era el resultado de una maravillosa noche de intimidad personal.

A la salida, le informaron a Elena que su solicitud de residencia había sido aceptada, y que el trámite para obtenerla iniciaría en los próximos días. Pocas veces ella se había llegado a sentir tan feliz como lo estaba siendo en ese mismo momento.

En ese instante, todos los esfuerzos que había hecho en Venezuela para poder emigrar valieron la pena, así como sus esfuerzos para ser aceptada en el trabajo, y los recientemente realizados para obtener su residencia con la ayuda incondicional de Miguel. Sintió una paz inmensa que le abarcó todo el cuerpo.

Llamó a todos sus familiares en Venezuela, con mucho pesar porque probablemente no los vería pronto, pero con mucha emoción porque se quedaría donde quería estar. Todos, desde la distancia, le mandaron todo su apoyo y comprensión. De inmediato, llamó también a John para contarle lo que había pasado. Su respuesta fue "Esta misma noche celebramos".

Al llegar a casa, saltó sobre Telma y la abrazó con mucha fuerza, pues sabía que podía quedarse con ella todo el tiempo que ambas quisieran seguir viviendo juntas. Su prima, soltó unas pocas lágrimas de alegría al saber la noticia.

Esa misma tarde, Telma, Miguel y Elena decidieron tener una cena de celebración en casa por el buen desempeño de todos para conseguir vivir los tres juntos sin ningún problema. Mientras cenaban, Elena sintió un nivel de camaradería con esas dos personas, como nunca la había sentido con nadie más antes. En varias ocasiones, cualquiera de los tres interrumpía la cena para pedir unos aplausos colectivos para si mismos, y los otros dos nunca se negaban.

Pero claro, la celebración no terminaba ahí. Más tarde, esa misma

PERLA GIZEM

noche, fue a casa de John para
celebrar, tal como él se lo había
propuesto. Al llegar, la recibió con
un whisky delicioso, que había
comprado específicamente para esa
ocasión: "sabía que te quedarías
conmigo al menos un poco más de
tiempo" le dijo.

Sin embargo, no pasaron mucho
tiempo bebiendo, pues pocos minutos
después estaban en la cama. Desde que
entraron a la habitación, no podían
parar de besarse, y así habían hecho
todo el recorrido desde el umbral
hasta la cama, y mientras se
desnudaban. Sus labios no se separaron
más que para lo mínimo necesario.

Acostados en la cama, las manos de
ambos se acariciaban con cuidado,
recorriendo toda la piel desnuda que
estaba a su alcance. De vez en cuando,
John se centraba en acariciar los
senos de Elena, a los que
anteriormente ya se les había referido
como "hermosos".

Con cuidado, John se colocó encima
de ella y comenzó a rozar su pene con
la vagina de ella, sintiendo lo húmeda
que estaba. Comenzó como un simple
elemento más del *foreplay,* pero luego

terminó siendo un juego para tentar las ganas de Elena por ser penetrada. Se acercaba hacia él, lo besaba, le rogaba que por favor la penetrara de una vez, pero él se reía con picardía y seguía aumentando sus deseos.

Minutos después, se volvió un impulso insoportable para los dos. John se colocó el condón apresurado y comenzó a hacer lo que ambos tenían tanto rato deseando. Elena estaba tan excitada que el pene se deslizó fácilmente hacia su interior. John comenzó con movimientos suaves, mientras le besaba los labios.

Ella interrumpía los besos con los suspiros que se le escapaban, así que él se dirigió a besar su cuello para permitirle hacer todo el ruido que deseara. Y con eso, aumentó la fuerza con la que entraba al interior de Elena, haciéndola elevar el volumen cada vez más.

Elena abrazó a John mientras él seguía besándola y penetrándola. El placer que sentía se incrementaba sin detenerse. En su vientre podía percibir el impacto de los movimientos del pene, y cómo estos hacían que su excitación cambiara de forma a

dimensiones que nunca había
experimentado.

Él se alejó de ella por un momento
y la miró fijamente, con una expresión
que le daba a entender cuanto la
deseaba y la gozaba. Elena se relamía
los labios de verlo así, y le miraba
con cara de traviesa. John sólo pudo
responder haciéndoselo cada vez con
más y más intensidad.

El placer que ella comenzó a
experimentar la venció. Cerró sus ojos
para poder concentrarse en las
deliciosas sensaciones que la
recorrían, y comenzó a detallarlas,
descomponerlas, y admirarlas con
cuidado. Su vivencia era tan intensa
que casi podía darles color y
personalidad a las emociones que le
provocaba estar con John esa noche.
Poco a poco, la excitación comenzó a
despegar, hasta que alcanzó su límite
máximo y la llevó a experimentar su
primer orgasmo.

Sintió como todo en su vientre se
estremecía sin control. Comenzó a
soltar gemidos que parecían alaridos,
y sólo con escucharla, él acabó casi
al mismo tiempo que ella. Cuando el
orgasmo terminó, Elena comenzó a

carcajearse, muy emocionada. Era la primera vez que sentía algo como eso, y estaba encantada de que hubiera sido con John.

Él la besó con ternura, la tomó en sus brazos, y cerró sus ojos esperando hasta quedarse dormido. Ella, estaba en un estado de relajación e incredulidad, y aunque quería poder rememorar lo que acababa de suceder, el sueño abrasador la venció pocos minutos después. Esa noche se durmió sabiendo que, desde que llegó a USA, no había tomado ni una sola decisión incorrecta.

PERLA GIZEM

Otros libros:

Ese Pervertido y Yo

Un extraño, para nada de su tipo, hace que Esther viva las experiencias más eróticas de su vida. Lo extraño es, que ese extraño, no es tan extraño como ella pensaba.

Cómo Activar Tu Sensualidad

Era una mujer atareada, apenas tomaba tiempo para disfrutar de las pequeñeces de la vida. Conocí una persona que cambió mi vida, con varios consejos se despertó mi sensualidad.

PERLA GIZEM